# 當荊棘闖進生命線

劉愛言 著

**當荊棘闖進生命線**
作者／劉愛言
策劃／楊碧瑤
總編輯／馬鎮梅
責任編輯／廖迎祺
美術設計／劉碧雲
插圖・攝影／劉愛言
出版發行／突破出版社
香港沙田亞公角山路33號突破青年村
電話：2632 0000　傳真：2632 0388
電郵：breakthrough@breakthrough.org.hk
網址：http://www.breakthrough.org.hk
http://www.btproduct.com
承印／陽光印刷製本廠
2008年10月初版1刷


Life Among Thorns
by Irene Lau
First Printing, First Edition, October 2008

ISBN 978-962-8996-20-9

# 心　靈　關　顧

關懷、連繫、復和、

溝通、對話……

凝視心之脈動，

直到重新尋獲自己的心。

# 目錄

# Contents

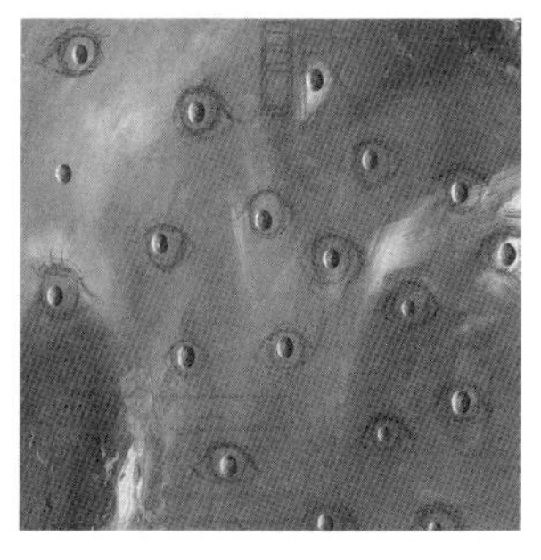



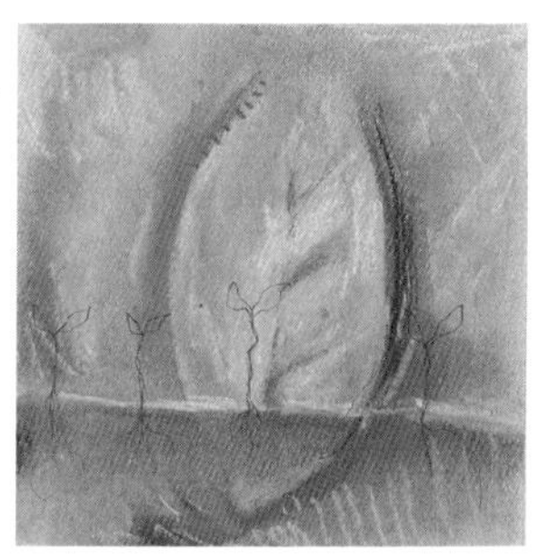

## 病歷繪本



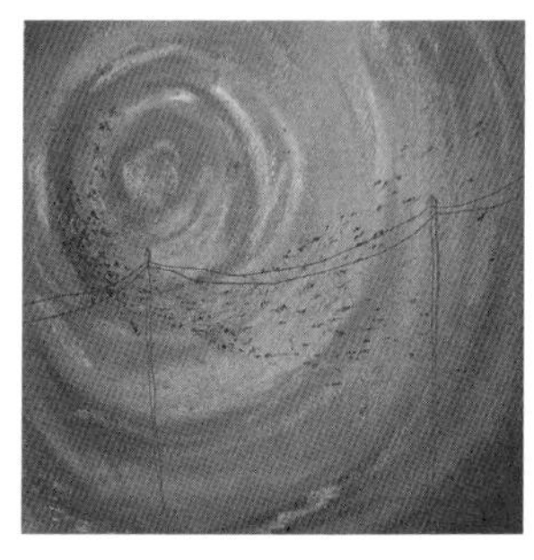



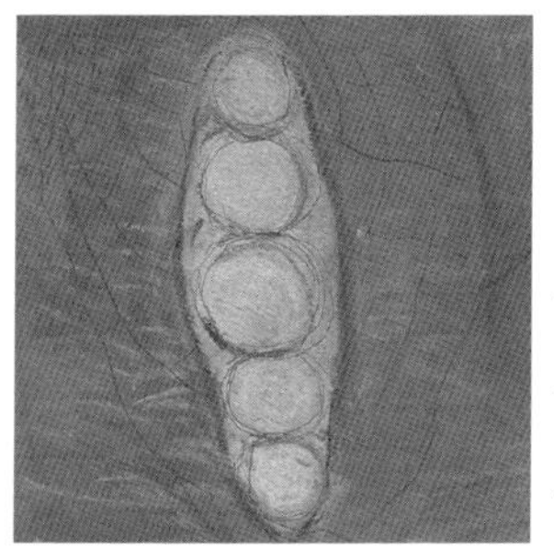

## 生病教會我的事（附錄）

# 鮑維均序

Symbolizing the universality of human suffering, sickness can often reduce one to his or her lonely self. In this journal, Irene extends her hand as she invites us to join her in a part of her journey. In return, we will find her to be a trusted friend in our own journeys through our own struggles as we live in the intersection of hope and despair.

Irene first appears merely as a name in our family prayer. Meeting her in person forces us to realize that her identity does not simply rests on her struggles with both nasal pharyngeal and thyroid cancer. As guests in their home, my family is blessed by her living testimony as one who continues to experience the powerful grace of God. Through her ministries, we are also confronted by one who refuses to dwell on her own predicament as she leads us to the God whom she worships.

疾病本是一種普世的人類苦難，往往把人變成一個孤獨的個體。
劉愛言卻用這部病歷繪本，邀請我們與她同行……
與此同時，愛言原來也在你我的生命中出現——
當我們在各自的旅程中，佇足於希望和絕望的十字路口，
她就是那個明白我們掙扎的朋友。

愛言最初只是我家代禱事項中的一個名字，
後來認識了她本人，就稀奇她不只是一位「奮抗鼻咽癌加甲狀腺癌的姊妹」:
到她家作客，體會到她是個不斷經歷上帝大能的活見證，叫我們一家深受祝福。
她並不沉湎於自己的不幸，反而透過事奉，把人引向她所信靠的上帝。

While various labels could apply to Irene, she presents herself primarily as a wife, a mother of two young boys, and a daughter of the loving God. As such, this book does not aim to teach, although there are many lessons for the readers to learn. Neither is this a handbook to survive personal suffering, although it does provide glimpses of hope for those who suffer. This is also not an apologetic work, although it does force one to rethink the issue of theodicy. This is, however, an invitation to join her in the community of those who struggles through our faith journey. Through words and images, one finds an authentic and honest voice that resists simple and convenient answers. As members of this community of suffering, this book would no doubt allow us to share also in this fellowship of hope (2 Cor 1:7).

To those of us who are confronted by our own mortality, may God use this book as an instrument of comfort. To those of us who have yet to recognize our own mortality, may God also use this book to awaken and revive us.

David W. Pao

Associate professor of New Testament
Trinity Evangelical Divinity School

愛言兼有多重身分，而她在書中的角色主要是——
妻子、兩個孩子的母親和屬神的女兒。
如此，這書旨不在「教導」——縱使裏面有那麼多可以學習的功課；
這也不是一本教你跨越苦難的手冊——縱使書中果然處處透現希望的曙光；
這更非一本護教的書——縱使它確實逼使人再思上帝是否「全善」的問題。

這書，不過是一個真摯的邀請，
叫那些凡在信仰的途程上經歷過掙扎的人，連結成一個羣體。
在她的圖畫和文字裏，你會遇到一把誠實無偽的聲音——
容不下任何簡化或公式的答案。
身為這羣體的一員，這本書就是一個確據——

**「你們既是同受苦楚，也必同得安慰。」**（〈哥林多後書〉1:7）

對於那些已經深感生命有其年限的人，
願上帝用這書作你的安慰。
至於還未曾領略到自身生命局限的人，
願上帝也用這書叫你醒覺、復興。

*鮑維均牧師是美國三一神學院新約副教授。*

# 說故事的人（前言）

當我知道我患上癌症時，我特別想到我的兩個兒子。萬一，我終於都打輸這場仗呢？萬一，我在他們還未懂得什麼是癌症時，便被癌症帶走了呢？我決定寫一本手札。我要記下這段日子以來，我患病的經歷、我如何頑抗、上帝又怎樣幫助我和何等的愛我。

這是有關我兒子的媽媽的故事。如果我不能親口告訴他們，這本書便會代勞。

這便是你現在閱讀着的這本書的由來。文字和圖畫都不盡完美。痛是不假，愛更是真。而祂的恩典——則是足夠之外，還要多一點點。

## 劉愛言 (Irene)

七十年代生，成長於屋邨和街市之中的地道香港人。小時候，未識寫字已曉畫畫，即使美食當前，總要先繪其形，畫而忘食，即感滿足。

過去從事平面設計，卻心懷立體廣闊世界，終於放洋留學，修讀 Fine Art w/ emphasis on PAINTING。從此日畫夜畫，樂不知倦。

於異邦留學時再思生命，重返教會，受洗成為基督徒。課餘做雙份兼職，準備畢業後創一番事業，卻邂逅了現在的丈夫，出人意外的成為了專業家庭主婦。

兩人在芝加哥合製了兩件活動藝術品——小克和小白。一家四口，平凡幸福。熨衫板代替畫板，鑊鏟代替畫筆，柴米油鹽作顏料，也可繼續塗鴉。

2006 年劉氏確診患上癌症。當平靜的生活蒙上死亡陰影，當荊棘惡意闖入生命線，她再度拿起荒廢了的畫筆畫簿，記下這段日子裏，她的勇敢和怯懦、痛楚與安慰。

# 病歷繪本

## 1 生命線上

# 2006年 1月31日

一個我永遠不能忘記的日子。

醫生打來的一通電話，改變了我的一生。
「化驗報告出來了——腫瘤屬於惡性。」

這幾個月來我都有鼻血倒流的現象；
加上家族遺傳（祖母、哥哥都先後患上鼻咽癌去世），
所以當我發現有可疑病徵的時候，
便立即去看耳鼻喉專科。

醫生用鼻腔鏡深入鼻與咽喉之間的位置，
然後建議我去做活體切片檢查（biopsy）。

三天之後，報告出來了。
醫生親自打電話來，冷冷的説出這個我最不想接受的事實。
我被診斷患上第二期鼻咽癌。

接下來的一週，我一口氣看了許多專科醫生，
跑了無數的醫院、診所、化驗所……
我不斷複述家族的病歷和發病經過。
醫生又為我分析治療的方法……

每一天、每一秒都好像給按了

**「Fast Forward」**

的按鈕。

Dear brother and sister,

It is the 3rd day since I was diagnose with Nasopharyngeal cancer, but I have been gone through the longest hours in my whole life.

I just want to write something to you to share my thoughs. It is not easy for me to accept the fact, 'I'm a cancer patient.' espically this is the same type of cancer killed my beloved older brother 10 years ago. I'm still slowing walking out of the shad[illegible] of the lost. This is a horrible news for me, Danny and for my little sister in Hong Kong.

There are no words can describe my feeling. I feel confused, tired, angry, sad, desperate and lonely...

So many times I asked God to give me strength to take the whole thing. I was speechless. I don't know how to ask.

I opened the Bible and hoping a verse or two will just miraclely pops out and I can hold on to. But it [illegible] happened.

I received many calls and emails from friends in Chicago, Hong Kong. I was like talking someones else's story.

Crying after crying...

Having a diagnosis of cancer turns my life upside down. Many things change for me, including what used to be joy. Dinner was always considered a fun time in my house. Each of us would 'report' what happened in that day. We would be laughing and teasing each other. Since last week, the bad news turn a pleasure moment to a daily challenge. I am scare of the dead air during meals.

I keep asking God to bring back the laughters to our house.

I am recently overflow with e-mails, phone calls and cards from everywhere, including Chicago, Hong Kong, L.A., San Jose, San Francisco, and even Australia. I want to tell you how much I value your caring. I mean EVERYONE of you. I really want to return every call but it is so hard for me not to cry. How could I not get misty when I heard friends sobbed when they are praying for me? How could I not be touched by over 20 people show up in a prayer meeting when they were expecting 4 to 5 close friends of mine came.

What have I done to earn so many good friends?...

我的心很亂、很痛苦，到了晚上尤其難過。
每每想到家人、丈夫、兩個只有幾歲大的兒子……便不禁悲從中來，潸潸淚下。

大概跟每個癌症病人一樣，我心裏正在問

一個沒有答案的問題：Why me ？

我當時並不知道，這只是風暴的第一輪攻勢。

原來除了鼻腔咽喉有一個 2cm 的腫瘤外，淋巴結還有兩個小腫瘤。最有效的治療方法是電療。但為了有力阻止腫瘤擴散，醫生提議我也同步接受化療。

我感到沮喪、憤怒、絕望……

到底我的身體出了什麼事？我該怎麼辦？ 我快要死了？

我和家人還在挑選醫生組羣（包括放射治療師、化療師，腫瘤、耳鼻喉專科醫生、牙醫）和醫院時，我又受到另一次打擊。

一星期前做的檢驗，顯示我的甲狀腺有不正常的細胞；而活體切片進一步證實，那是另一個惡性腫瘤。

十天之內，我先後被確診患上鼻咽癌和甲狀腺癌。我完全崩潰了。

鼻咽癌的療程計劃，得暫時擱置，讓路給甲狀腺癌。

**鼻咽癌**俗稱「廣東瘤」，是中國南方廣東、廣西、湖南和福建等地常見的癌症。鼻咽處於鼻孔後面與吊鐘上方之間的隱蔽位置，上面是顱底骨，下通口腔，前入鼻竇，後貼頸椎骨，右右通往兩邊中耳。現今醫學界對此病的成因未有定論，但認為它與遺傳因素、EB 病毒，並和華南一帶居民自嬰孩期就常食用鹹魚有關。[1]

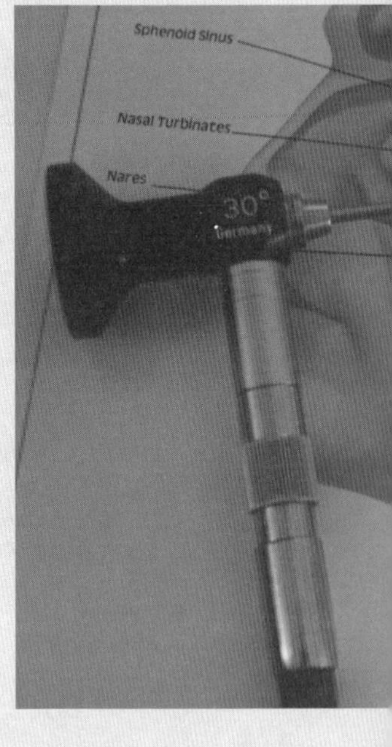


**放射治療**（電療，Radiation therapy），是鼻咽癌的主要治療方法，運用高能量射線殺死癌細胞。病人初期會出現噁心、口乾、味覺改變和食慾不振等現象，後期會有口腔潰瘍、皮膚變黑和局部脫髮等。醫生會給予適當藥物以紓緩症狀，這些病狀亦會在療程過後逐漸消失。

** 我的電療醫生是 Dr. Raghavan (Dr. R)*

**化學治療**（化療，Chemotherapy），利用服用或注射抗癌細胞藥物，達到消滅癌細胞或減輕症狀的目的。化療的用藥，會視乎所患的癌症種類和病人的身體情況而定。治療鼻咽癌，電療是主要的方法，但化療也對鼻咽癌有控制作用，亦可增加生存機會。以我的病例，我同時接受了電療和化療。[2]

** 我的化療醫生是 Dr. Brockstein (Dr. B)。通過多方的介紹，我終於遇到這個好醫生，出奇的年輕，仔細又認真，令我想起路加醫生。〈路加福音〉正是我最喜愛的書卷，以前已看過許多遍；患上癌症再讀時，卻有不同的視角。我知道我真正需要一個屬靈的醫生。*

**甲狀腺癌**在香港屬於較罕有的癌症，死亡率只佔所有癌症 0.3%。甲狀腺是位於頸項下前方一個蝴蝶狀的內分泌組織，一般情況下我們都摸不到也看不見，但它卻身負分泌甲狀腺素和副甲狀腺素的重任，又有調節新陳代謝、血糖、鈣質、心跳、腎功能等作用。

**手術治療** (Surgery)，一般來說，開刀切除是最佳的治療方法。為確保沒有癌細胞殘存，醫生大都會建議切除「全甲狀腺」，以後病人要長期服用甲狀腺補充劑。

** 幫我開刀的是 Dr. Yeh (Dr. Y)*

**放射性同位素碘** (I-131) 治療，在某些情況下，病人動了手術，還要服食放射性碘 I-131，因為受癌細胞影響的甲狀腺細胞仍對碘有很強的親和力。醫生利用這藥的高能量，集中殺死手術後殘留的癌細胞。[3]

資料來源：

[1] 香港防癌會 www.hkacs.org.hk
[2] 聖德肋撒醫院腫瘤中心 www.sthcc.com.hk/p_chemo_c.htm
[3] 甲狀腺癌關懷網 www.thyroid.org.tw

患病的消息在教會傳開了。大家立即專為我召集了一個祈禱會。

那裏有幾十個人，圍坐成一個圈，每個人都看着我。不是每一個我都能認得，可是我感到難以置信，那麼多的人都願意用他們的信念來支持我？深深的相信禱告會帶來改變？

我努力的忍住淚水，想讓他們看到我的微笑，可是我心中確實有很多不安和恐懼，與他們相比，我是那麼小信。如何能讓他們的禱告不會白費？惟有看上帝的供應了。

……

阿莊姊妹打電話來，告訴我她會在每個週日崇拜之後為我召開祈禱會。除此之外，她也會統籌 Dinner on the Wheel，讓願意幫助我的教會朋友，輪流做晚飯送到我家，叫我們不用為買菜做飯操心。他們供應的菜色層出不窮，連小孩的零嘴也照顧到！

我很慶幸有那麼多有愛心的主內弟兄姊妹，我只能説這是因為上帝先愛他們。世上有很多種愛，而這種愛只有在這裏存在。

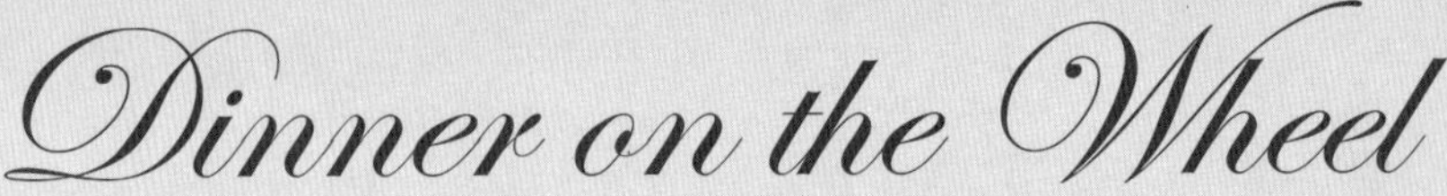


到黃昏的時候，你們要吃肉，

早晨必有食物得飽，

你們就知道我是耶和華——

你們的上帝。

〈出埃及記〉16:12

*My Lovely prayer warriors...*

Well, don't ask yourself anymore if your life will ever be normal again. I am afraid the answer is "NO". Since the day we accepted CHRIST, shouldn't we expect our lives to be extraordinary??!

-Cecilia Fung, CA

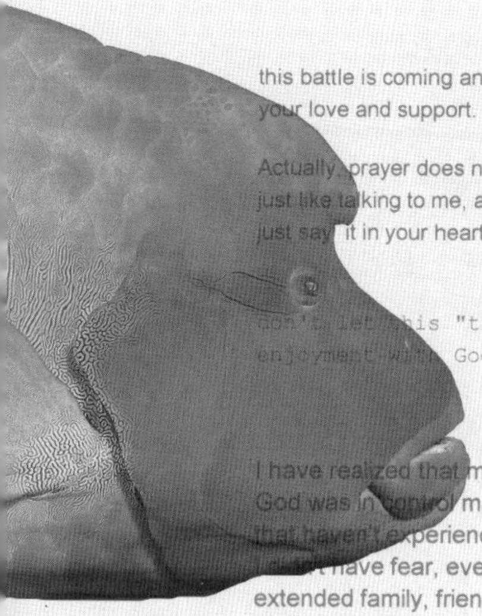

this battle is coming and there is no alternative, so just grasp every weapon to fight. Weapons are your love and support.

-Kimmie Mak, HK

Actually, prayer does not need to be long, whatever come to your mind, you can just talk to God just like talking to me, anytime, like walking, taking shower, doing dishes, whatever you are doing, just say it in your heart and talk to God.

Grace Young, LA

don't let this "training" of 2-3 months overshadow your life-long enjoyment with God and your loved ones.

*Soul mate?*

Donald Lau, HK

I have realized that my life is in God' mighty hands! Yes, I prayed for healing but knowing God was in control made me have a peace and inner strength that I don't think others, that haven't experience looking at life or death, could really know. It's hard to explain but [illegible] have fear, even though I knew that I'd truly miss my family, husband, kids, extended family, friends, ect...... That DID matter but the peace from the Holy Spirit was so strong!

Trina Reilley, Breast cancer survivor, CA

I'm no longer that little boy anymore. I'm a mature, responsible, sophomore who owes a great debt to you for everything you did for me back then. I want you to know that same little boy, now all grown up, still deeply cares about you and is doing all that he can to help during these trying times.

Our wedding ring bearer, Mark Jewik, CA

Have courage, faith and step into the Jordan River, He will let you walk on the water without getting your feet wet.

Dennis Leung, IL

Remember I said that God will not "play" us that one Sunday? I still believe it and I hope u do too! I strongly trust that there will be one day that you will fully recover, continue serving @ Oasis!!

Angel Fung, IL

我一定會回來，向他們每一位答謝。

# 2月14日

這天，是我最難忘的情人節，我要到醫院進行甲狀腺切除手術。

一大清早，我便辦好入院手續。當日，牧師 Mark 哥[1]和兩位朋友 Angie[2]、蔡醫生[3]，還有我丈夫[4]，一同在手術預備室一起為我祈禱。Mark 哥打開《聖經》，翻到〈馬可福音〉2 章 1-12 節：

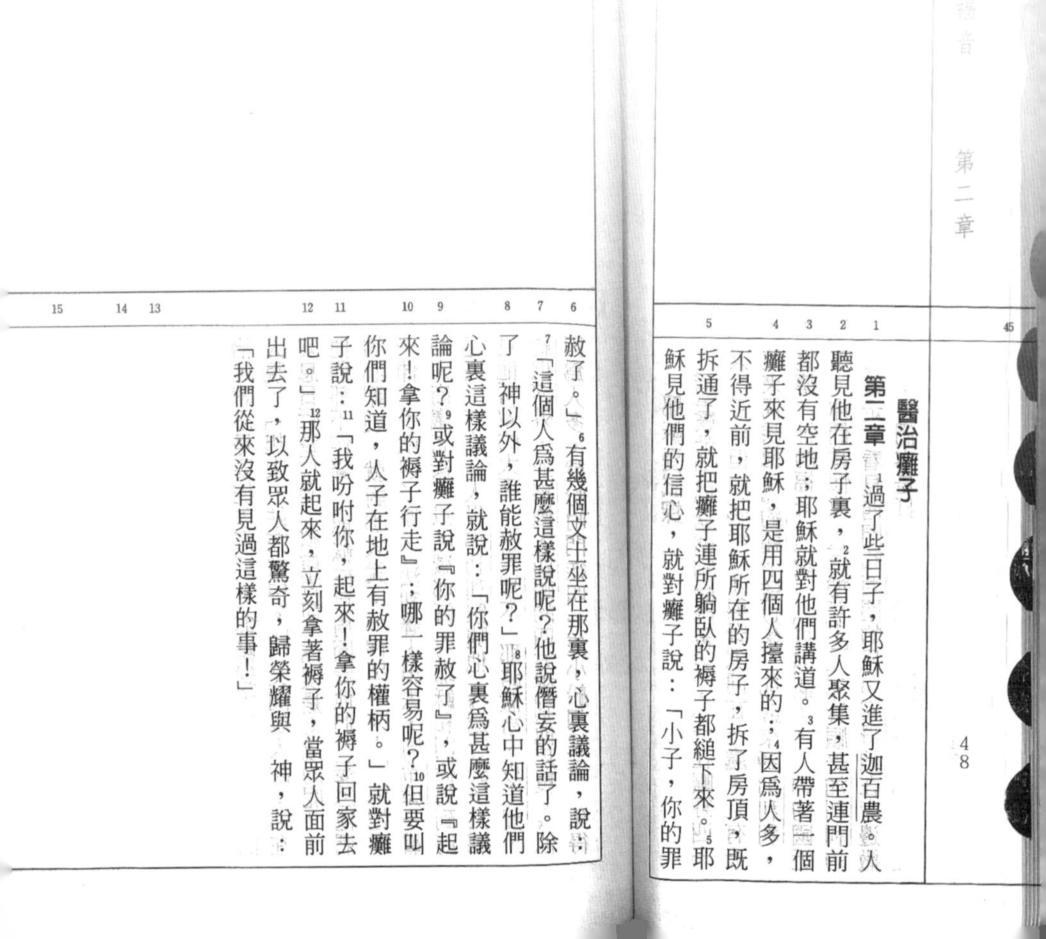

## 醫治癱子

第二章 1過了些日子，耶穌又進了迦百農。人
聽見他在房子裏，2就有許多人聚集，甚至連門前
都沒有空地；耶穌就對他們講道。3有人帶著一個
癱子來見耶穌，是用四個人擡來的；4因爲人多，
不得近前，就把耶穌所在的房子，拆了房頂，既
拆通了，就把癱子連所躺臥的褥子都縋下來。5耶
穌見他們的信心，就對癱子說：「小子，你的罪
赦了。」6有幾個文士坐在那裏，心裏議論，說：
7「這個人爲甚麼這樣說呢？他說僭妄的話了。除
了神以外，誰能赦罪呢？」8耶穌心中知道他們
心裏這樣議論，就說：「你們心裏爲甚麼這樣議
論呢？9或對癱子說『你的罪赦了』，或說『起
來！拿你的褥子行走』；哪一樣容易呢？10但要叫
你們知道，人子在地上有赦罪的權柄。」就對癱
子說：11「我吩咐你，起來！拿你的褥子回家去
吧。」12那人就起來，立刻拿著褥子，當眾人面前
出去了，以致眾人都驚奇，歸榮耀與神，說：
「我們從來沒有見過這樣的事！」

牧師 Mark 哥在我進手術室前，和大家分享了這個故事。他不無詫異，因為剛好四個人陪着我。我就好像經文中的癱子，軟弱無力，卻由四個有信心的好朋友抬到主耶穌面前，恩慈的主耶穌必然會照顧我。

當他祈禱完畢，護士替我蓋上口罩，我吸了一口，便沉沉睡去……

事後，外子告訴我，那個護士看到各人臉色沉重，特地跟他們說：「不要擔心！你們看我！我在很多年前也做過甲狀腺切除手術呢。」她指着自己頸上的手術疤痕。原來她也是一個甲狀腺癌的康復者！

她向我的朋友展示一個溫暖的大笑容，然後把我推進手術室。她的出現，不啻是他們一個信心的回應。

耶穌見他們的信心，就對癱子說：
「小子，你的罪赦了。……
我吩咐你，起來！拿你的褥子回家去吧。」
那人就起來，立刻拿着褥子，當眾人面前出去了，
以致眾人都驚奇，歸榮耀與上帝，說：
「我們從來沒有見過這樣的事！」

「Irene，醒醒，手術完畢了……聽到嗎？現在是下午四點半了。」

——那刻我真的不太清楚醫生在講什麼，只隱約覺得自己給推進復甦室。

當我恢復知覺時，已是晚上七時了。

感謝主！手術很成功！替我動手術的 Dr. Y 手勢一流，只切除了被癌細胞影響的甲狀腺，而兩旁的聲帶則完整無缺。給切除的癌細胞被一些身體組織包圍着，經化驗證實，都屬正常，這應該是一個好現象。

手術後，頸部前方留有三吋長的傷口。傷口叫我感到刺痛，尤其在吞嚥時。我咳出很多帶血的濃痰，相信是手術期間插喉傷及呼吸道所致。

不過，這裏是「奇樂」癌症治療中心（Kellogg Cancer Center），痛苦有別的說法。

雖然我叫它「奇樂」，但我深知沒有人會想找上來。這裏大概是醫院最難受、悲傷的一隅。在這兒還懂得笑的，只有護士。她們大都會微笑着問：「嗨！你今天覺得怎樣了？」

每次聽到，我都很納悶。難道要我回答：「噢！又得接受下一次化療了！心情很興奮！」或說：「口乾口苦的感覺太棒了，令我的早餐變得更美味。」有時我真的滿懷憤怒。

不過，身邊的病友通常都回答利落：「我感覺不錯啊！護士小姐你呢？」

這就是美式文化、美式態度。他們不單回答得體，就連外表也照顧得十分周到——男病人都穿着整齊，女病人甚至會化妝、塗上鮮紅色的指甲油，或是配戴一頂漂亮的帽子、奪目的披肩之類。

我看過一本書，作者是癌症康復病人，裏面提及一個腫瘤科護士的心聲：她確實較喜歡幫助那些快樂的癌症病人，加倍地想他們快些康復；相反，一臉憤恨、只會抱怨而不肯合作的病人，常教她感到委屈無辜，因為她只想給予幫忙，病人負面的態度只會為他自己帶來負面影響。這又何苦呢？故此，作者堅持帶着一種陽光的態度去抗癌——微笑！與醫護人員做朋友！

或許這沒有令她免於副作用的折磨，但她可是病室裏最受愛護的病人哩。

病友正面的態度也慢慢的感染了我，好吧，雖然不是真的來到什麼樂園，未來幾個月卻是一個探險歷奇之旅，我不要蓬頭垢臉——

# 我也要漂漂亮亮的打一場仗！

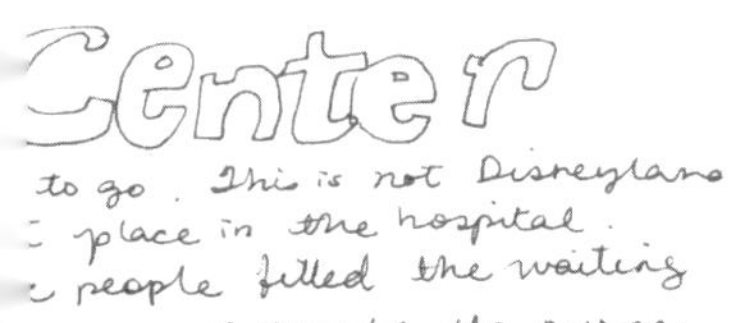

# 先要對付痛

但痛還是要面對啊！怎麼辦呢？

化療、電療是個痛苦的過程——誰都知道。而醫學在進步，今日的化療和電療的副作用，已比以前大大改善了。但某程度的痛苦，依然是無可避免的。以我為例，我的痛楚大部分出現在口腔和頸部，如此，進食便成了高難度動作。

治療的目的是把癌細胞殺死，既然連你都覺得痛，那些壞鬼癌細胞也一定受到重創了！

此外，痛嘛——你不須要啞忍！痛是有藥醫的。不錯，止痛藥是我的戰友！

身為中國人，我一直堅信：「吃得苦中苦，方為人上人！」不過，在化療期間，你大概可以暫時停播時代金曲〈勇敢的中國人〉；在化療牀上，實在不必做「人上人」，當個最基本的「人」就夠了。因為，痛苦隨時可以把你折磨到不似人形。

能痛少一點，你便可以吃好一點，睡好一點；次日起牀精神一點，就可以走動多一點。看！整個生活素質都提高了，何樂而不為？

最初我也有顧慮止痛藥上癮的問題，但現實是醫生、護士和藥劑師會監控着，按病情調整劑量。我曾擔心自己太倚賴藥物，藥劑師 Wendy 告訴我劑量根本還在低位，上調的空間有兩至三倍之多！待完成了療程，他們又會為你逐漸減藥，讓身體慢慢適應，而不會有「吊癮」或「戒癮不安症狀」出現。就算，萬一真的不幸上癮了，我的腫瘤專科醫生説，他們有一套十分有效的辦法幫病人脱離毒癮！總之——

# 希望在轉角

（希望的例子在下一頁）

我來為大家介紹，這是一個呼吸輔助器。
在手術期間我接受過麻醉，甦醒後暫時要靠這機器來幫助擴張肺部。
我對準它的管子吹——

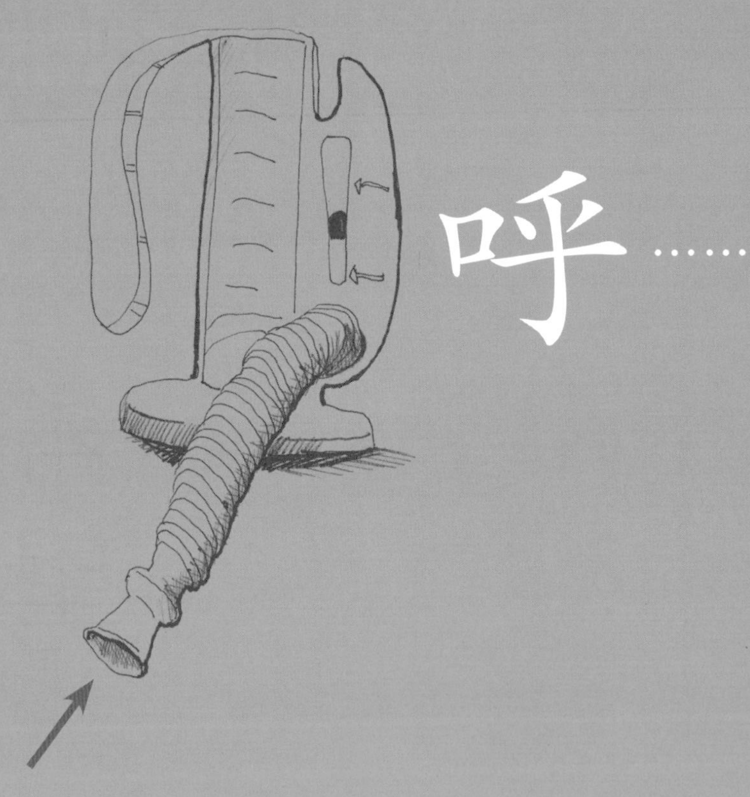

我拚命的吹呀吹，可是那顯示器還是不爭氣的動也不動！
我想：怎麼了？難道又是我的好運氣，讓我遇上機器故障嗎？
後來，有人告訴我：這是用來「吸」的。

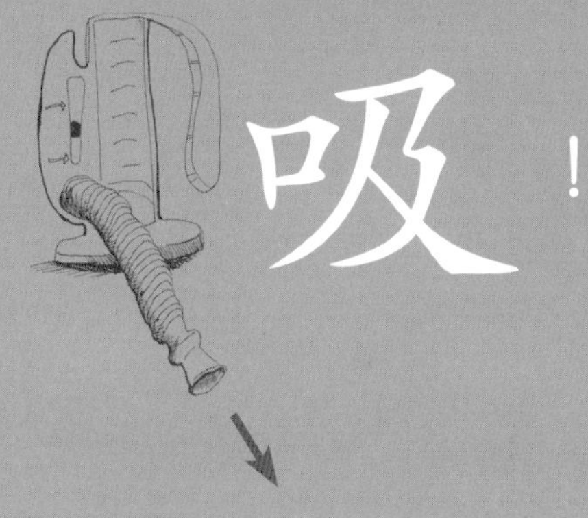

## 2月16日

手術完結後兩天，我終於可以出院了。
今天，迎接我回家的，卻是糟透的天氣。
打雷了，又來閃電。我忍不住往窗外看……希望見到彩虹。
但果然看不到。

噢，是的，彩虹總是跟在風暴之後，而風暴還未過去。

使徒對主說：「求主加增我們的信心。」
主說：「你們若有信心像一粒芥菜種，
就是對這棵桑樹說：『你要拔起根來，栽在海裏』，
它也必聽從你們。」

〈路加福音〉17 章 5-6 節

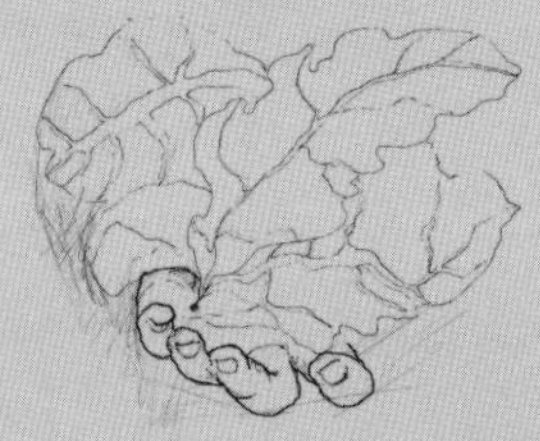

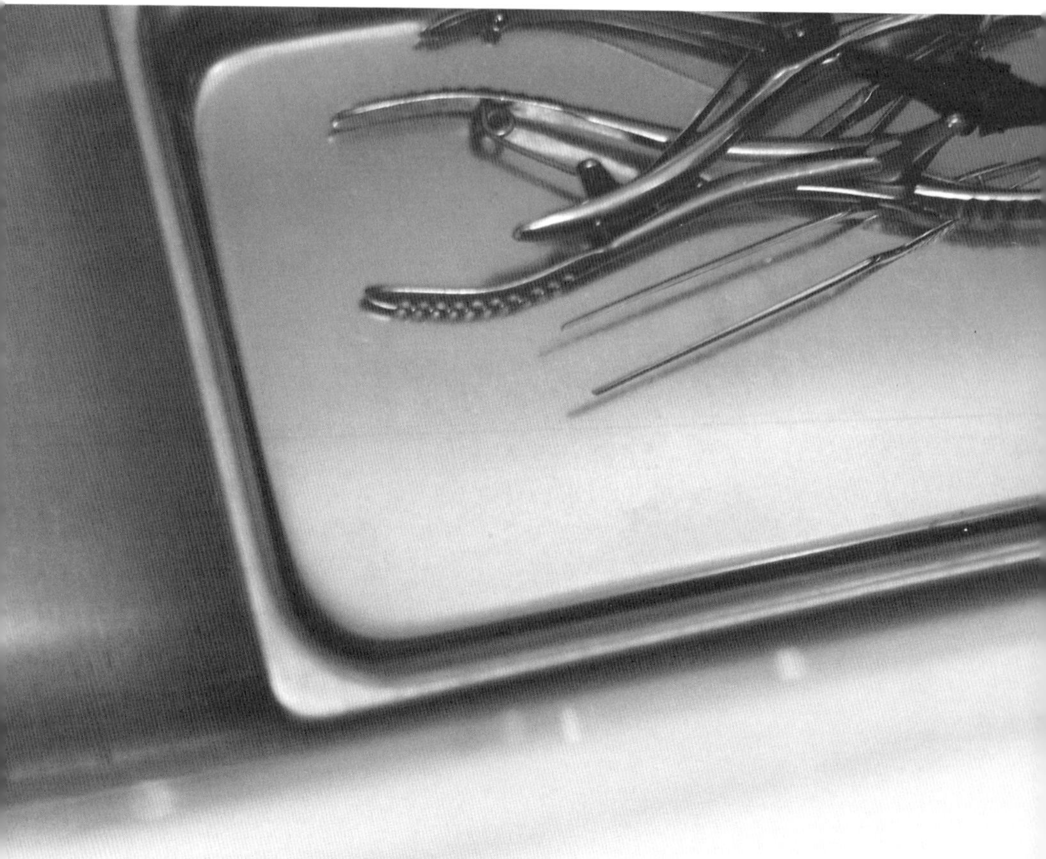

在病牀上看《聖經》，看得特別快，
《聖經》裏每一個字都好像在對我説話。

要是問誰是整本《聖經》中受苦最多的人，我想，除了耶穌基督，該輪到約伯了。

他的損失是慘重的，他的痛苦是沉重的；不過，最後他的信心越過一切埋怨、質疑。

當我讀到〈約伯記〉4 章 3-5 節，我如被雷擊。

你素來教導許多的人，又堅固軟弱的手。
你的言語曾扶助那將要跌倒的人；你又使軟弱的膝穩固。
但現在禍患臨到你，你就昏迷，挨近你，你便驚惶。
〈約伯記〉4 章 3-5 節

以往我曾多麼政治正確，鼓勵那些在苦難中的人該怎樣信靠上帝、上帝如何偉大等等；但，輪到自己走進死蔭幽谷，我又如何呢？

是呀，上帝，我害怕得要命。我知道治療的痛苦，實在難以承受。

我也知道，跟約伯比，他受的痛苦比我還多。為什麼我不能跟他一樣發出讚美？為何我如此小信？

我有一個要好的朋友，她丈夫二十年前確診為第四期血癌。他跟我說：「永不永不問 Why me ！這句話會吃人！」（故事請看頁 114）

好的。我告訴自己，這是我第一個功課：

不・要・問・為・什・麼。

出院後，才發覺當日漫長的手術給我遺留下頂厲害的頸痛和肩痛。
唉！我的身體、靈魂都跌入歷史新低點。
痛苦的折騰，在在提醒我，我亦只不過是血肉之軀罷了。

然後，某一晚，我的大兒子小克見我正在埋首苦幹寫這本書，就說也想畫一些東西，不過不知道該畫什麼才好。我告訴他只要直接把這一刻的感覺畫出來就是了。我以為他又會來一個招牌的恐龍或者是超人之類；怎料，一會兒後，他把「大作」遞給我：

「中間個細路仔就係我囉！旁邊係主耶穌。主耶穌同我講：『唔使驚驚。因為我就係曾經死喺十字架上面嗰個耶穌！』

而隔離就係撒但啦。撒但話：『哈哈哈！唔好信佢！佢係個傻瓜！』

後面有好多好多天使好大聲咁唱：『你要信祂！愛祂！事奉三位一體的上帝！啦啦！啦啦！啦啦啦啦啦啦……』」

ha
be a-
for I am
d Jeses
ied
Bible

只有上帝最了解我那一刻的心情「好驚青」。但透過小克的畫，祂教曉我一個小孩的心可以是多麼的單純：什麼都不怕，信祂就好。不管撒但說什麼，信祂就夠。這正正是祂要我學習的。不過，我得承認，這很不容易。我求上帝寬恕並拿走我一切的苦毒、埋怨和疑慮。

Siu Hark（小克）

**Hark Now Hear the Angels Sing**
2006 Pen Drawing

have the faetbin you ye that serve thy from he-e-vin serve thy 3 Gods to make one.
trust in him Love and serve him La- La- La -La- La-Laaaaaa.

「我從前風聞有你，

現在親眼看見你。」

〈約伯記〉42 章 5 節

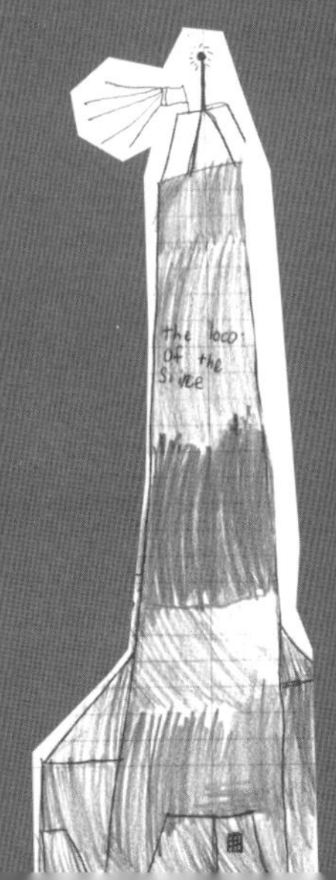

# 病歷繪本

## 2 蝴蝶之旅

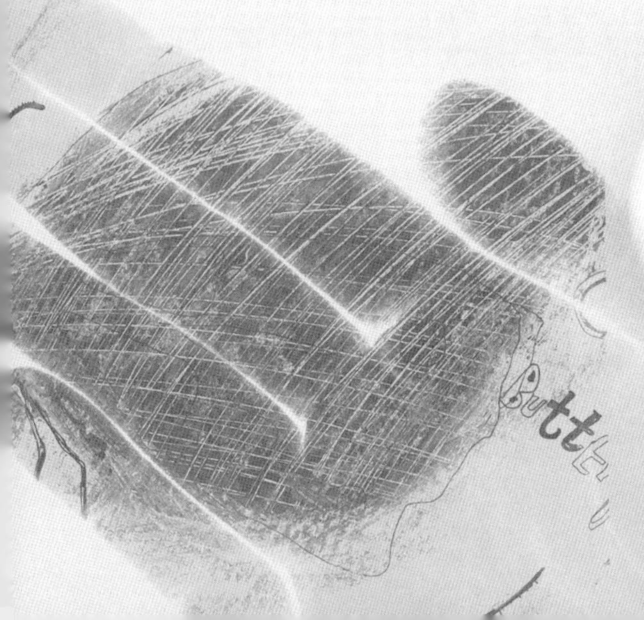

Hanover Park Library

生活進入非常混亂狀態，家裏一角堆滿兒子們借來未還的錄影帶。我往圖書館交罰款。我告訴管理員小姐我們遲交錄影帶的原因。

「我剛做完一個手術。」我指着頸上還新嫩的傷口。
「是不是切除了甲狀腺？」她問。
「是的，我有甲狀腺癌。」
「不要緊的⋯⋯」她捉住我的手説：「去年，我有一個朋友做了這個手術。現在她已經沒事了！現在還可以上班呢！真的！治療過程很簡單。你會安好的！」

不過，我兒子説：媽媽頸上長了一條大毛蟲呢！
那位很會鼓勵我的圖書館員説：那告訴他，將來你會變成一隻美麗的蝴蝶！

一個星期後，我收到朋友 Jenny 寄來的慰問卡，裏面夾了一篇文章。無獨有偶，這篇文章居然是有關毛毛蟲的！

我們都只會留意毛毛蟲最後變成蝴蝶的那種美麗姿態，
卻沒有關心中間那個蛻變的過程，
對一條毛毛蟲來說，會是多漫長多孤獨多痛苦……

我想，現階段的我，
還在繭中，
蠕動、掙扎……

耶和華啊，你忘記我要到幾時呢？
要到永遠嗎？
你掩面不顧我要到幾時呢？
我心裏籌算，終日愁苦，**要到幾時呢？**

〈詩篇〉13 篇 1-2 節

要等候耶和華！
當壯膽，堅固你的心！
我再說，**要等候耶和華！**

〈詩篇〉27 篇 14 節

總會有出路……當我走進絕路與死角時，總會有出路。
在人看是走投無路，靠上帝卻能逃出生天。
上帝用肉眼看不見的斧鑿，替我開闢一條新路。
我總會有出路。

我的信心真的太小了，常常要上帝在我身旁一次又一次的提醒我，才能完全明白。

這次祂派來了奶奶。

奶奶是佛教徒，卻又十分喜歡看《受難曲》（*The Passion of the Christ, 2004*）這齣電影。今天她跟我說：

「Irene，要堅強、要忍耐。痛苦是必然的了。但最痛的痛，都不及耶穌在十字架上的痛啊！」

我聽了之後，心裏有好一陣難過。我身為基督徒，這個道理本該由我向她作見證的。

可想而知，耶穌的受苦經過，連不信的人也為之動容。

主啊！教我懂得如何仰望你；教我如何接受這苦杯……

Dear Irene,

這是你的票。你即將上路了。
我會帶你前往那應許之地：一個你做夢也沒想過的地方。
暫時還不能告訴你要往哪裏去，也不能讓你預知怎麼去；
我只能向你保證一件事：
我會和你在一起。
一路上，我會牽着你的手。不用怕。
我的恩典，永不缺貨。一定夠你用的。

你的天父

Ticket

Dear Irene,
This is your ticket. You're about on board. I'll bring you to the promise land. The place that you had never dream of. I can't tell you where we're going, nor can I show you how do we get there. But I can be sure one thing: I'll be with you. I'll hold your hand in the journey. Do not be afraid, my grace

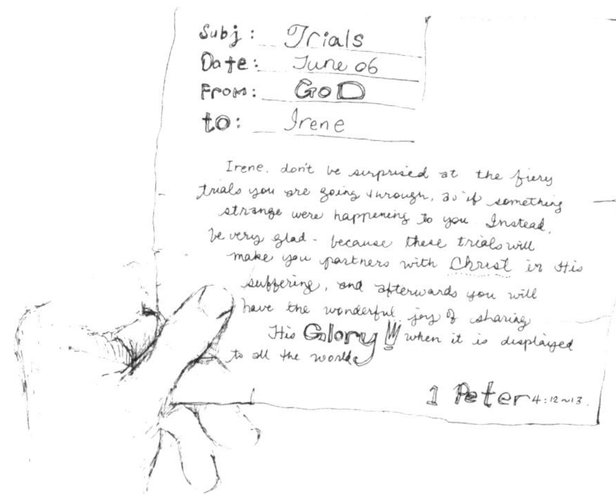


親愛的 Irene 啊，有火煉的試驗臨到你，不要以為奇怪（似乎是遭遇非常的事），倒要歡喜；因為你是與基督一同受苦，使你在他榮耀顯現的時候，也可以歡喜快樂。

〈彼得前書〉4 章 12-13 節

疲乏的，他賜能力；軟弱的，他加力量。
就是少年人也要疲乏困倦；
強壯的也必全然跌倒。
但那等候耶和華的必重新得力。
他們必如鷹展翅上騰；
他們奔跑卻不困倦，行走卻不疲乏。

〈以賽亞書〉40 章 29-31 節

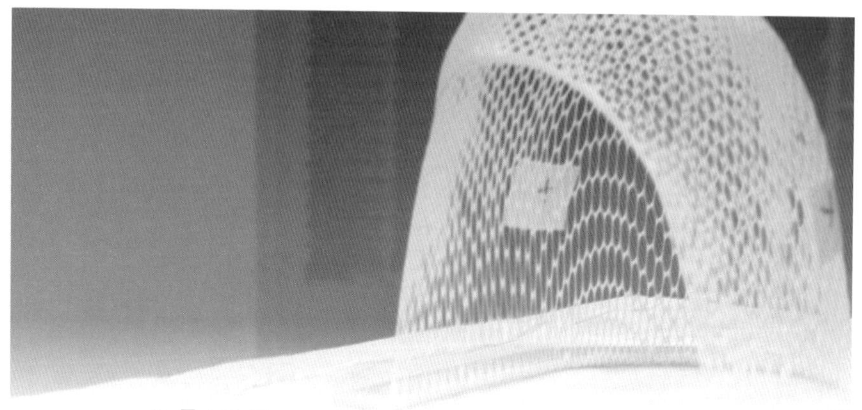

## 2 月 22 日

檢查過後，放射治療科的 Dr. R 認為我準備好了，可以去做「Mask」了。

技術員先溫熱一個網球拍似的東西，然後套在我的臉上。好像去美容院那樣，但這個 mask 當然不是護膚的那種。上面的各種記號確保以後電療的射線能準確的擊中目標！

我微微張口，維持這動作 30 分鐘。敷了 mask 的我，進進出出 CT Scan 的「山洞」數次。

果然是意想不到，我的旅程，由這個山洞開始。

為確保電療射線瞄準癌細胞，而不會傷及附近的重要組織，放射治療師會事先為病人度身訂造一個透明臉膜。這種體外的放射治療，不會令病人帶輻射。若在療程過後還不能把癌細胞徹底消除，那麼醫生便可能會把放射金粒種植在病人鼻黏膜上。在這個補充式的體內放射治療期間，病人會帶有輻射，要接受隔離。

親愛的天父：

是我，Irene——你所疼愛的女兒。
原來人可以在世上活着，都不是輕易或
偶然的事。
為了能令自己活着，我得面對第一次電療。
我害怕嗎？我怕得要命。
但我也深深明白，已經無路可退。
天父，我求你賜我勇氣和毅力，去承受任何痛楚。
請你用大能的手醫治我！
請你讓我親自經歷一個屬神的人的生命，是如何的截然
不同！
請不要叫我的爸媽再次白頭人送黑頭人！
請你讓我弟弟知道祈禱的力量！
就讓這個脆弱的我，彰顯你的榮耀！

你親愛的女兒 Irene 上

# 病歷繪本

## ③ 同在治療

摩西對耶和華說：「你吩咐我說：『將這百姓領上去』，卻沒有叫我知道你要打發誰與我同去，只說：『我按你的名認識你，你在我眼前也蒙了恩。』我如今若在你眼前蒙恩，求你將你的道指示我，使我可以認識你，好在你眼前蒙恩。求你想到這民是你的民。」

耶和華說：「我必親自和你同去，使你得安息。」

摩西說:「你若不親自和我同去，就不要把我們從這裏領上去。」

〈出埃及記〉33 章 12-15 節

手術前，牧師 Mark 哥曾經跟我分享這段經文；治療期間，他用這段經文在教會講道，講題就是「只願你同在」。
（摩西的生命裏，他所禱求的，是與上帝同行的關係。）

神啊，不管怎樣，走曠野也好，我只在乎你與我同行！

從明天起，便要開始為期 40 天的電療。我好像打工仔上班一般，得從星期一到星期五每天跑醫院，週末休息兩天。

因為選定了同步治療，除電療外，我還要接受 4 次化療，每 6 星期一次。首兩次化療，時間上與電療重疊。整個抗癌旅程，總共會佔去我生命中的 24 個星期。

為此我們作好最後的準備，在牀邊放一個膠桶，預備嘔吐時用！作戰前夕，我依照抗癌過來人的經驗貼士，一早起來就灌了三杯蔬果汁——果然令人感覺充滿力量！

3月5日

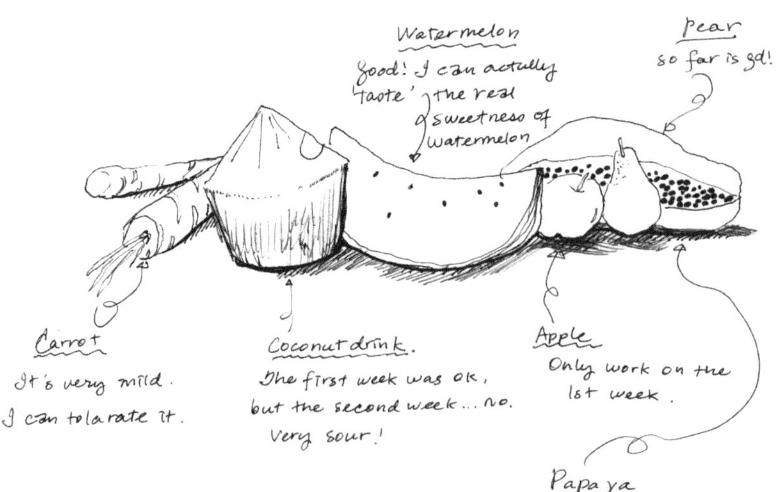

第一天，我就準備了兩件寶貝。

**1. 一本小小的記事簿。**

處理癌症，就是一大羣化療醫生、電療醫生、專科護士、營養師和牙醫的相互合作，有了這本記事簿，我便不會忘記或混淆不同醫生的預約時間。治療期間，如有疑問，我也可以記錄下來再問醫生。

**2. 一個有蓋膠盒。**

我把各樣藥物的性質和服用方法標籤好，全貯存在膠盒內。某些抗癌藥真的絕不便宜，萬一遺失了，就只能吃後悔藥了！

Irene's tips:

只要在事前多作一點準備，可以省卻事後很多的不便與混亂。
這也是一種自愛和愛人的方式。

早上七點半，我終於接受電療了。醫生採用的那種電療叫 IMRT（強度調控放射治療）。放射線的角度和強度都有經過 Dr. R 精確的計算，瞄準癌細胞所在的刁鑽位置。

我躺在冰涼的牀上，乖乖的動也不動，然後幾道強光閃過，像有人在不同角度給你拍了幾張快相。嚓！嚓！嚓！ OK 了！

Irene's tips:

電療室內因機器運作得長期冷氣開放，那裏成了一個冰冷的小宇宙！溫馨提示：帶一張羊毛氈取暖。有毛「氈」，便沒冷「顫」！

第一天，老實說，我完全感覺不到有什麼異樣。

療程一告開始，我正式向癌細胞發動攻勢！我感到愉快、信心滿滿。雖然過幾天副作用就可能會冒出來，但今天我要儘量活得快快樂樂！

Irene's tips:

不要預支明日的憂慮。不要錯過今天你可以享受到的快樂。

……

電療完畢，也同日開始化療。護士熟練的用酒精把針口消毒，插入已先植在我頸下的靜脈導管內——噢……！一陣刺痛！針的另一端接上了一大袋水和電解質的補充液體，在注入化療藥之前，先把我的腎臟沖洗一遍。

兩個小時之後，化療藥物便正式進駐我的體內。

護士預早就給我服了止嘔藥，但我還是有輕微作悶的感覺。待化療結束，我還要再沖洗腎臟一次，完了才能回家。化療前後及其間我要儘量多喝水，以幫助身體清除毒素。

護士離開病房，留下我與那嘟嘟作響的化療機器相對……

漫長的五個小時，可以怎樣度過呢？

3月6日

Irene's tips:

我有一個仿似林亞珍*用的「百寶袋」。裏面有書啦，雜誌啦，《聖經》啦，CD啦，以至微型 DVD 放映機和少不了的 DVD（當然有我最愛的《魔戒三部曲》！這次我一定要從頭到尾的把它看個夠！我最愛看「邪不能勝正」的電影啦，我知道上帝也會在我此役得勝！），小巧的羊毛氈；當然還有畫筆和可愛的繪本日記！（準備真多！但後來發現，其實大部分時間我都在打盹！）我也看見有病人在化療期間編毛衣、寫信，或用手提電腦。（*林亞珍是香港演員蕭芳芳七十年代演繹的傻大姐角色）

化療和電療截然不同。電療每次只需 10 分鐘，但化療卻比較「細水長流」。電療期間你不感覺痛，而它的副作用也要待好一段時間才會出現。但化療就不是這樣……

帶着指定的口服藥和靜脈點滴（slow IV drip），我可以回家，不過其後的 5 天內，我的身體和靜脈點滴都會秤不離砣的相依着……一種很特別的共存關係。

最不方便的是不能淋浴——那本來是我每天所享受的時刻啊。

癌症確實令一些生活上的基本動作變成奢侈活動，比如哇啦啦啦的邊唱歌邊洗個熱水澡、盡情大啖我所喜愛的美食，或者是累了就睡日入而息，本來是那麼的理所當然，現在卻變成是一種純粹的藥物反應。

## 嘔吐，我討厭！

嘔吐是癌症病人經常遇到的事。喉嚨那份炙熱，還有食物滯中的餘味，一直纏繞着，久久不能散去。

醫生給我服用一隻藥性很強的 Zofran（樞復寧），以對抗作悶和嘔吐。Zofran 的確非常有效，但它的副作用少為人知，我就見識到它令人便秘的能耐。

有時我連續數天都「一無所出」，不斷喝水、渴湯、喝果汁都沒有反應，醫生會給我一種塞肛門用的通便「子彈」。

口乾是另一種我之前沒有想過的副作用。由於電療破壞了唾液分泌，口腔裏永遠黏黏的，像含着一大口白膠漿，一張開口就變成蜘蛛絲狀，即使喝水也沒有太大的幫助。嚥起口水，喉嚨的乾裂感令我不能入睡。

我的味覺也起了變化。吃肉沒肉味，吃菜沒菜味，喝白開水反而會有金屬味，好像在飲用汽油一樣。

3 月 10 日

**Irene's tips:**

病室中最優秀的癌症科護士 Jade 建議我轉飲瓶裝水。瓶裝水不含氟，入口真的感覺較清新！自此，我便一直飲用瓶裝水了。

Although things are not perfect
Because of trial or pain
Continue in thanksgiving
Do not begin to blame
Even when the times are hard
Fierce winds are bound to blow
God is forever able
Hold on to what you know
Imagine life without His love
Joy would cease to be,
Keep thinking Him for all the things
Love imparts to thee
Move out of "Camp Complaining"
No weapon that is known
On earth can yield the power
Praise can do alone
Quit looking at the future
Redeem the time at hand
Start everyday with worship
To "thank" is a command
Until we see Him coming
Victorius in the sky
We'll run the race with gratitude
Xalting God most high
Yes, there'll be good times and yes some will be bā
Zion waits in glory... where none are ever sad!

上帝呀！我為着還能禱告而讚美你，
但是……療程才剛剛開始，還有餘下 10 個星期，
我如何才能頂住那些副作用挺過去？

拍拖的例牌活動是「行街、睇戲、食飯」；現在的我，每天的例牌活動就是「抽血、磅重、量血壓」！

我是人所共知的「為食貓」。品嚐各式美味，向來是我生存的一大樂趣。但現在，吃已經不是一種享受，而是一份責任，甚至是一種折磨。療程的第 2 個星期開始，口腔內壁組織受化療破壞，我已經吃不到固體食物了。「粥粉麪飯」四大發明，其中的粉麪飯已與我由知己良朋變成陌路人，而我最討厭吃的粥卻天天伴我同行。

我把蔬菜、粥和湯放進攪拌機裏，拌好了，還沒來得及想像這混合物是什麼怪味，就咕嚕咕嚕的把它吞下去！

3月13日

Irene's tips:

尋找適用於自己的治療——自我發明「食物幻想法」！

這一刻什麼也吃不下，但只要不停想像入口的正是心愛美食，或回憶曾品嚐過的美味，就會開心起來！唔……好味！……好味啊！……教會中的好友浩旋也給我一樣有趣的提議：幻想那些酸得你牙關打震的食物，如酸梅、檸檬之類，可能會刺激大腦分泌更多唾液呢。於是我啟動大腦中的幻想機制——

一斤檸檬、兩擔酸梅……在虛擬中送到每一顆味蕾上，咦！唾液出來了！ YES ！

還有比這更恐怖的東西——醫院有一種特別餐（Puree Meal），應該是用一台超級研磨機造出來的。它不僅是難吃至極，你根本無法聯想到它本來是什麼食物。有一次我點了熱香餅、香腸和熱批做早餐，卻得到一盤肥皂似的不明物體！那時候，我就不再討厭自家的粥品了。

豉椒炒羔蟹

叉雞飯

雲吞牛肚麵

上湯龍蝦

KFC 炸雞

魚蛋燒賣

酥炸魷魚鬚

日本極上黑豚肉拉麵

鐵板豆腐

軟殼蟹手卷

上湯小籠包

沙薑鹽焗雞

墨魚丸河

豉椒炒蜆

泰式燒雞翼

泰式燒雞翼

日式咖哩豬扒

港式熱奶茶

特厚油占多

印尼沙嗲

雞包仔

糯米雞

海鮮意粉

潮洲凍蟹

港式生炒骨

潮式煎蠔餅

豉汁蒸扇貝

冬菇蒸滑雞

炸春卷

叉燒腸粉

竹笙釀蟹鉗

一向怕黑的我，現在不可以再怕了。我常常半夜醒來，面對全然的黑暗好幾小時。

我的生命已經不再一樣，但以後的改變恐怕只會更多，超乎我能有的想像。每一次我醒來，我都不禁問自己：是惡夢嗎？
而頸上那道毛毛蟲疤痕告訴我：這是真的。

……

我從前很少失眠，但治療的副作用開始出現，口腔的乾涸、喉嚨快要裂開的感覺和舌頭黏答答的難受，叫我睡不下去，每兩小時就要醒一次。

Irene's tips:

嚥口水的痛使我無法入睡。夜半一點，我忽然想到去冰箱取一小塊冰含在嘴裏……
咦！竟然有用！真的沒那麼乾涸了。

我開始禱告：上帝啊，很簡單，就讓我睡一個小時也行。主耶穌，我愛你；主耶穌，我愛你……（我重複唸了十次左右）我就這般睡着了……

漫漫長夜，這樣的過程反覆了幾遍，直到早上七點……

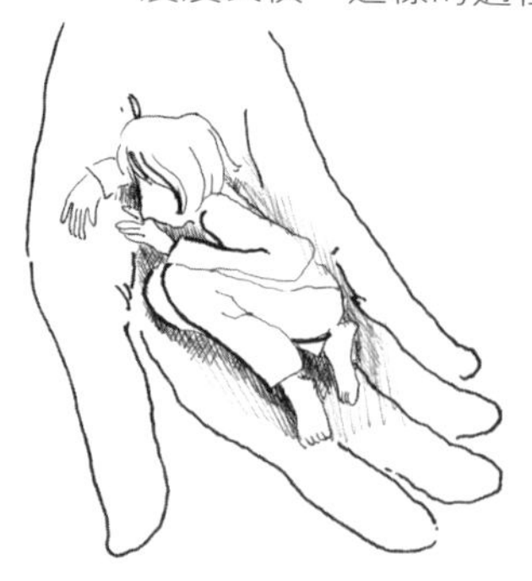

3月15日

主啊！我很苦，
卻在苦中等候你的醫治，
等候你的信息和佳音，
不要叫我白白的痛、
白白受你的恩惠。

我跟自己說：要好好記住這種痛苦，它提醒我只是一個軟弱的人，靠着自己是多麼有限，就惟有全然的依靠主耶穌……它也讓我知道，離最終之得勝又近了一步！

Radiology

Be

Be Still in the presence of th
and wait patiently

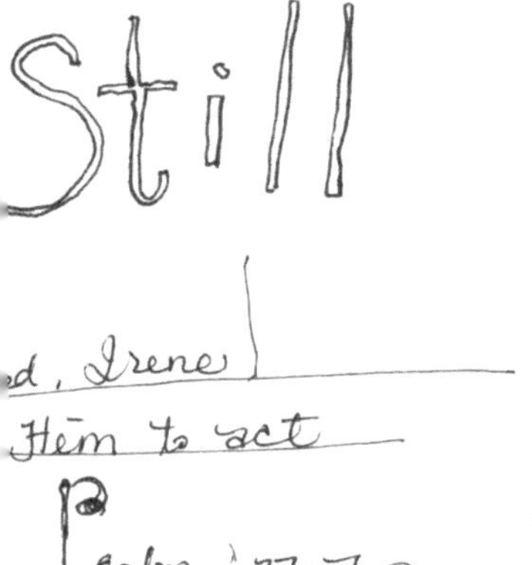


天父！又是我呀！

你答應過會和我在一起，我相信你不會撇下我。

我把我現在的情況，都擺在你面前了。

請讓我能有一份安詳，去接受一切；

也求你賜我一份勇氣，去面對明天。

願我珍惜每一刻和家人相處的時間；

亦珍惜每一秒和你的獨處。

神啊，你是我的神。

我要切切地尋求你，

在乾旱疲乏無水之地，我渴想你；

我的心切慕你。

〈詩篇〉63 篇 1 節

（在喉嚨乾得裂開的時候常聽的歌）

各種副作用逐一出場之後，終於輪到脫髮了。

脫髮的前奏是頭皮髮根隱隱刺痛。兩天後，早上梳洗時，頭髮大把大把的落到洗手盆……

雖然脫髮已成為癌症病人的典型「標誌」，但當這種事臨到自己，還是難以接受。

我想，脫髮最令人毛骨聳然的，不在於禿頭這後果，而是在於其過程。你完全不由自主，慢慢失去你身體的一部分……不認不認還須認，至終連外表也要認同自己是一個癌症病人的事實。

3月24日

Irene's tips:

後來我才知道，不是所有癌症病人都會全禿的。鼻咽癌病人通常只會掉後腦勺一撮的頭髮，而且日後還會長回來的啊！我的禿髮長回來的時候，黑黝鬈曲——咦，好像還比以前漂亮！

一早起來，我坐在牀沿向上帝這樣祈禱：
「上帝呀。就算我今天不能完成什麼；但最起碼，
我希望今天能夠愛你更多、認識你更深……」
——華理克牧師（Rick Warren），《標竿人生》

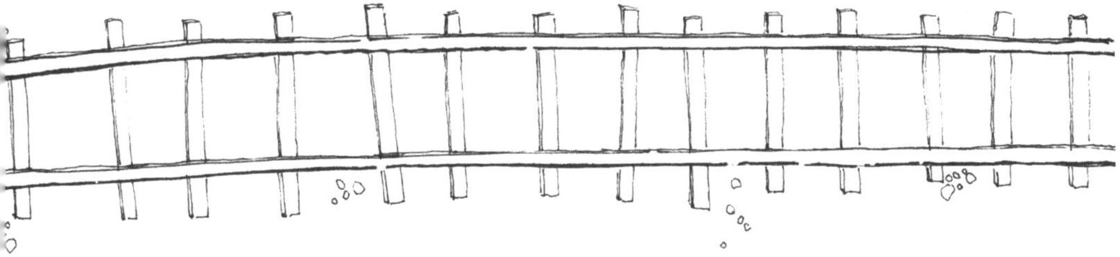

身體愈來愈虛弱的這段日子，華理克牧師的禱告，也成為了我的禱告。

我眼睜睜的看着身邊的「正常人」每天忙這忙那，往這裏又往那裏去的……然而我的「正常」狀態，就是什麼也不能做、什麼也沒我的份兒。

面對這種生命的無力感，華理克牧師的禱文提醒我：就算我現在什麼都做不了，至少我還能愛上帝、認識上帝。這就是我做得來的事！

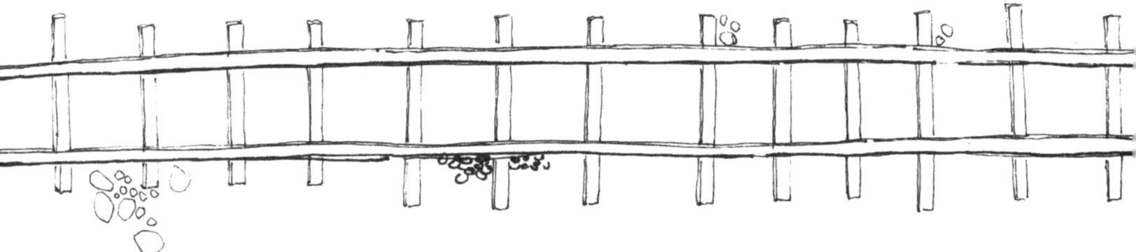

來到第 4 個星期最後的一天，整個療程還有一半就會完成。Hurray ！萬歲！

痛嗎？好痛啊，而且愈來愈強烈！

我的舌頭，已呈奶白色狀態，好「核突」！我問腫瘤科的 Dr B：我的舌頭還會爛下去嗎？它看來沒有再爛下去的空間了。

早上我用了兩小時吃完那份所謂的「早餐」。刷牙時，我不小心打了一個噎，隨即引發一次山洪暴發般的嘔吐。除了忍受喉嚨的炙熱和食物的異味外，最難受的是，我辛辛苦苦啃下的早餐，
完全報銷了！

3月31日

我會禱告——在最私人的睡房，在最黑暗的時分，
在一生中最難捱的日子——我都在禱告。
我只會用上最簡單、最直接的言詞。
「上帝啊，與我同在。
不要叫我獨自面對！」
這時候，我也會跟撒但說：
「如果你以為用這些板斧，就可以令我跟上帝分開，
哼！你別發夢了！」撒但，你休想！
當我的指尖緊緊抓着毛氈，身心都與痛苦角力時，
我仍然感到被上帝的愛包圍着，
我亦由此，得到喜樂。

我的天父，電療需時40天，
40天是一段不短的日子吧？
時間愈長，痛楚愈升級。
但我知道，你沒有離開過。
有時我會傻兮兮的問你：
「天父，你還愛我嗎？」
你只是默默地陪伴着我。
早上起牀，我總是驚訝——
昨夜你又是那樣溫柔的握住我的手，
哄我入睡，賜我一夜安眠。
我知道你是愛我的。我就是知道。

「挪亞的生命給40天的雨水改變；

摩西在西乃山上40天的經歷，改變了他的一生；

大衛因着歌利亞40天的挑戰，生命給改變；

主耶穌在曠野經歷40天的考驗，得着力量；

使徒因着復活的主向他們顯現，

並與他們同在40天，生命一一改變。」

APRIL

1
2
3
4
5
6
7
8
9
10
11
12
13
14
15
16
17
18
19
20
21
22
23
24
25
26
27
28
29
30

40 這個數字，不斷在《聖經》出現，每一次，它都彷彿為故事的主人翁，帶來奇蹟般的轉變。《標竿人生》這一段如此鼓勵我。

……

我的容貌，我的體質，都在療程中一一改變。到此刻為止，即使是最最辛苦的時候，我都沒有想過放棄，你不知我有多想活下去……

我想看着我的孩子長大，我想與我最愛的老公手牽手……

接受治療一個月後，我回到耳鼻喉專科 Dr. Y 的診所作檢查，我很緊張，為任何可能作心理準備……誰知他說：「那個腫瘤哦……看不見了……」真是大好的消息！它比之前大大縮小了！

那麼，我所受的苦不是徒勞的，腫瘤真的對治療有反應。醫生說，要給我打分，是一個 B+ ！

4月4日

又來了，持續的電療來到第 6 個星期，同時也展開第二階段的化療。不會是好玩的……

猶記得初入院時，我帶着大包小包的食物；

後來，我只能帶大包小包的藥物，還有止嘔藥、止痛丸、漱口水和營養奶。

Dr. B 預告：口乾、口苦、唇痛、喉痛等副作用，還會持續兩個星期左右。

電療接近尾聲，卻是有史以來最難熬最糟糕的。

化療和電療的副作用雙劍合璧，對我作了一次「大晒冷」。

胃口當然沒有了；便秘也沒有改善。

Dr. B 說我的止痛藥劑量其實可以再增加到每 12 小時 60mg，我就是在這個時候決定放棄做「人上人」，我要止痛藥！

在戰線上，我大部分時間都睡死在牀上，完全虛脫，毫無還擊之力。

我一直睡啊睡啊……好像之前從未睡過，現在身體要我睡一場天昏地暗的覺。

日夜難分的睡眠，沒能為我加添精力；相反，人變得愈來愈迷糊。我的頸項燙熱，臉頰燒得通紅……

4月10-14日

再度入院接受第三次化療。

滿以為電療完結，餘下的化療只是「碎料」吧！誰料正因為不需同步治療，Dr. B 加重化療用藥，碎料變成加料，令我完全招架不住！
可以嘔的，我都嘔出來了，連水都嚥不下。我在眾人面前大吐特吐，把 Dr. B 嚇壞了，終於下決定讓我留院休養。

Dr. B 來看我，我幽幽的問他：「我是不是一輩子就這樣了？永遠起不了牀？」

他說：「這兩天你會辛苦一些，副作用會持續一會，我想……過了一個星期你會好起來的。……」

超級的累，超級的軟弱，身體和靈魂分道揚鑣。
我，已經完全不屬於自己。

沮喪到一個地步，我哭着求上帝：「不如你把我帶走吧！」

4月17日

APRIL
1 2 3 4 5 6 7 8 9 10 11 12 13 14 15 16 17 18 19 20 21 22 23 24 25 26 27 28 29 30

盼啊，盼啊，我盼望着這個去醫院的日子。沒錯，這是最後一次的電療。我太渴望到這一日，急得讓我覺得它怎麼老是不來呢。

當我最後一次躺在冰牀上，最後一次聽那巨大機器嗡嗡作響之後，我相熟的護士給我一個大大的擁抱，又給我頒發一張畢業證書，嘉許我終於完成這項艱苦的任務，值得自豪！（我真佩服她們的幽默感呢！）

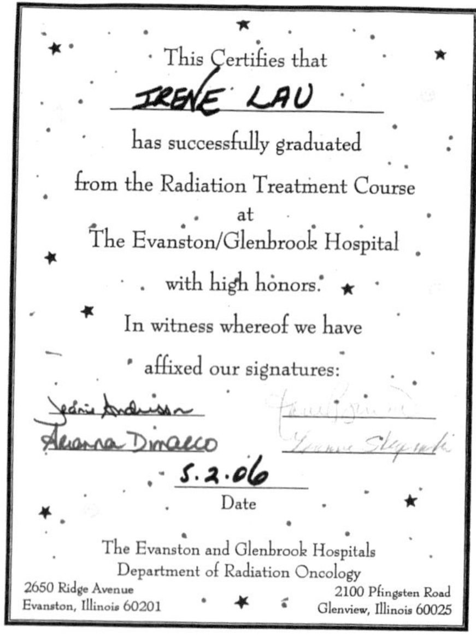

This Certifies that

IRENE LAU

has successfully graduated

from the Radiation Treatment Course

at

The Evanston/Glenbrook Hospital

with high honors.

In witness whereof we have

affixed our signatures:

[illegible]

Arianna Dimarco

[illegible]

[illegible]

5.2.06

Date

The Evanston and Glenbrook Hospitals
Department of Radiation Oncology

2650 Ridge Avenue
Evanston, Illinois 60201

2100 Pfingsten Road
Glenview, Illinois 60025

MAY

1
2
3
4
5
6
7
8
9
10
11
12
13
14
15
16
17
18
19
20
21
22
23
24
25
26
27
28
29
30
31

天空那麼藍，真是晴朗美好的一天！一陣清新的微風吹過，令我精上帝為之一振。

哦！敬禮！

# 生存本身已是一種殊榮！

5月2日

小白，我的小兒子，快要三歲了。

我們提早為他慶祝，因為到正日那天，我應該是在醫院裏。

5月4日

# 忍住淚水……

我那從香港過來陪我的 little sister 要走了。相見只有短短兩個星期，可惜我多數時候都在發病，然而能有這些相聚的時光，我們還是心存感恩，我們倆有說不盡的話。

她當年曾經在哥哥癌症末期時照顧他，如今看着我因同一個病而受苦，心裏必然難過。

她回港那天，屋裏空盪盪的，靜得嚇人。

我終於還是忍不住哭了，小白給我遞上一張紙巾……

世界那麼大，不過我們的心，肯定是連在一起，直到永永遠遠……

5月6日

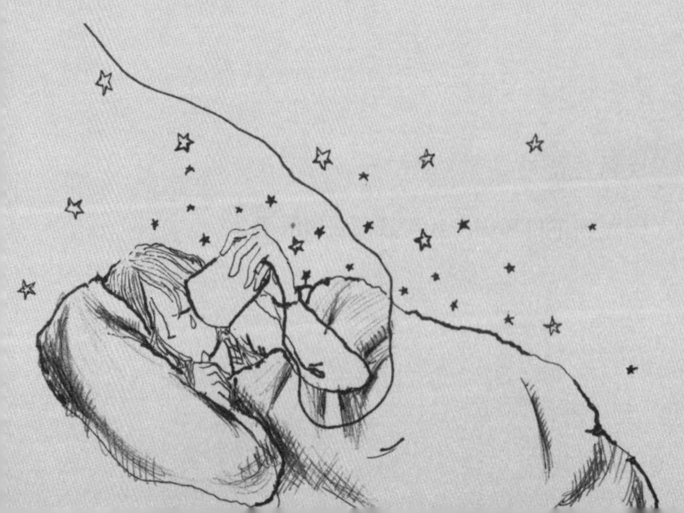

MAY
1 2 3 4 5 6 7 8 9 10 11 12 13 14 15 16 17 18 19 20 21 22 23 24 25 26 27 28 29 30 31

可以出院啦！我好想回家，我想念我的牀，我的枕頭，而最想的是我所愛的家。

上帝啊，謝謝你洗去我的罪。
透過苦難，我的人生掀開新的一章。
我看到以前看不到的，
我更深的認識你，更緊的依靠你。
請你一直充滿我的生命……

5月15日

腮腺炎。痛……痛……發燒……

5月25-27日

收到牧師的電話，本來以為是尋常的問候，但他告訴我的是：他的癌復發了。

我無言以對，只是震驚、痛心。他十分平靜，反過來安慰我：「我會沒事的，這一次，我會有更好的準備。最難的事，主耶穌已經為我們做了，就是死在十架上，還有什麼可怕的？」

掛上電話，我的眼淚流下，我的心情久久也不能平復。

6月1日

最後一輪化療將要開始，我再度入院，我很害怕……

照理說我應該要為療程將要結束而興奮，準備大大的慶祝一番啊。不是的，剛剛相反，我怕得要死。正正因為這是最後一回，這是我最後的機會，去殺死所有尚存的癌細胞，連那些藏得最深的也不該遺漏……

要是出了什麼亂子，該怎麼辦？我禁不住自己在胡思亂想着。

仿效暢銷書作家兼癌症康復病人 Emilie Barnes 所作的，我把手掌按在一張白紙上，白描出它的形狀。

我發了一個電郵給我所有的朋友：

附件是我的「手」，請你列印出來，放在家裏或工作地方的當眼處。每當你看見我的手，請把手覆蓋在上面，為我向天上的父上帝禱告。

我收到許多回信，朋友們說已經在這樣做了。

我不放棄，不是因為我的勇氣，而是因為我知道有許多朋友用他們的手托住我。

他們與我同路，見證事態的發展，也一同仰望天父。

我認不出鏡中的我
我失去了自己
不知道還要等多久
想不起來為什麼要等
實在畫不下去了
連提筆的力量也沒有
連喝一口水的氣力也沒有
連感謝的話也講不下去
「我是罪人中的罪人」
——這話我卻體會了……

But

求你想念，我的生命不過是一口氣

〈約伯記〉7:7

足足有三個星期，我沒有在繪本上寫過一個字。

終於……

護士把輸送化療藥的導管，正式從我身上拔掉，

不錯，我真正完成整個療程。全部化療都結束了——

!

6月10日

JUN
1
2
3
4
5
6
7
8
9
10
11
12
13
14
15
16
17
18
19
20
21
22
23
24
25
26
27
28
29
30

**Irene's tips:**

我總共瘦了 28 磅。

瘦身後的我，難看死了。原來骨感 feel 都不是那麼美。

回家的時候，我發現街上多數人身上都是夏裝，只有我一個還穿着冬天的外套，因為我的免疫系統很弱，常覺得冷。

6月12日

這天，外子帶着孩子和奶奶到唐人街吃飯，我堅持不去，因為我要戒口嘛，什麼都不能吃啊！

可是我卻偷偷的開車到 Barnes & Nobles 書店去，把自己埋在書堆中放肆地看。我只點了一杯黑咖啡（沒加奶，要戒口）……好啦，我承認，還有我最無法抗拒的 Blueberry scone……好啦，我自首！戒口也得要為我的胃打打氣呀。

也許，是單純咖啡的香味；
也許，是偶爾獨個兒的自由；
也許，是我背上暖暖的陽光；
也許，只是那件無辜的 scone，已教我樂了一整天。

8月12日

AUG
1 2 3 4 5 6 7 8 9 10 11 12 13 14 15 16 17 18 19 20 21 22 23 24 25 26 27 28 29 30 31

What cancer CANNOT do:
Cancer is so limited...
It cannot cripple Love
It cannot shatter Hope
It cannot corrode Faith
It cannot destoy Peace
It cannot kill Friendship
It cannot suppress Memories
It cannot silence Courage
It cannot invade the Soul
It cannot steal Eternal Life
It cannot conquer the Spirit.

Noah's life was transformed
by 40 days of rain.
Moses was transformed by 40
days on Mount Sinai.
David was transformed by
Goliath's 40 day challenge.

Happy moments, PRAISE GOD.
Difficult moments, SEEK GOD.
Quiet moments, WORSHIP GOD.
Painful moments, TRUST GOD.
Every moment, THANK GOD.

復發是我的惡夢、咒詛和敵人。化療電療只能封殺癌細胞，卻不保證它們不會再度來訪。癌症生還者經常活在死亡的陰影下，惟恐在他們有生之年看到癌魔回歸。我又怎能倖免呢？每次我去作身體檢查或掃描時，我都會特別緊張。

'Come'
Yesterday is History.
Tomorrow is mestery.
Today is a gift,
That's why it is called
'Present.'

但我是否就此乾等，什麼也不做呢？
不！絕不可以！我還要繼續生活的。
我只求上帝讓我學習「一天的難處一天當就夠了」。

弟兄們，我不以為自己已經得着了，我只有一件事，就是忘記背後，努力面前，向着目標竭力追求，為要得着上帝在基督耶穌裏召我往上去得的獎賞。

〈腓立比書〉3 章 13-14 節

有時，我會傻傻地想：
如果我一旦死了，他們會掛念我嗎？
他們會為我流淚嗎？
會不會後悔沒有在我生前對我更好呢？
他們對我最懷念的會是什麼呢？我的好？抑或我的壞？
而我就肯定會懷念他們，他們都太可愛了！

# 牀邊速寫簿

在人生的旅程，我們總是在等—等巴士、等外賣、等廁所、等地鐵……
在圖書館裏等，在診所裏等，在電梯裏等，在機場裏等，在超市收銀處排長龍也是一種等。

在等的時候，我常觀察身邊擦過的每一張臉孔，並好奇的想—到底他們來自哪裏？又會往哪裏去？

這個臉上寫着一個愁字，那個卻笑意盈盈，又有一個一臉猶豫。我想，藏在每張臉背後的，一定是一個個很有趣的故事。然而，我沒有截停哪一個去追問。聽説，耽誤別人的時間，好像是一項大罪。
（何況，我也在趕時間呢！）

但是，我還是給阻延了。拖緩我腳步的不速之客，英文名字叫CANCER。
我急不來，療程需時數月。我急不來，大部分時間都得臥病牀上。
我向來吱吱喳喳，但喉痛和口乾令我閉口張耳。

原來當你選取一個聆聽者的角色，你會發現身邊許多不平凡的故事。也許，他們都只是你生命軌迹上偶然交錯、不會重疊的虛線，然而他們的故事卻會豐富你的閱歷，滋潤你的生命。以後的人生，走下去的步速，也許會因而不再一樣。

因為這個病，我結識了許多不同的人。有些至今我還保持聯絡，有些以後再沒遇上。我相信，他們就是上帝差來的天使，按時按候出現，在我這驚險的旅程中，恰如其分地為我加油。

接下來，我要説説他們的故事。

（噢！你看，我又回復原來吱吱喳喳的子了。）

# 你是我的鼓舞飛羊

有一天，我在一個商場遇到一個老伯。他的衣着光鮮整齊，坐在沙發上。他看到我抱着熟睡的小兒子，有感而發的説：「年輕真好……我老了，沒有用啊！……」「也不一定呀。」我不知哪裏來的勇氣，竟然和阿伯聊起來。「看看我，夠年輕吧，但上星期醫生確診我患了癌症。」

老伯十分驚訝。他堅持別人尊稱他「先生」，因為他曾經是某跨國企業的要員，高薪、高位、高級生活享受。這「三高」曾經和他那麼近，現在卻離他那麼遠。「三高」先生退休了，伴着他的是嚴重的痛風症，甚至無法再駕車。

「我沒用了。今天若不是我女兒接載我，我連坐在這個商場發呆的機會也沒有！」三高先生連聲抱怨，忽然卻啜泣起來。我不太懂得安慰人。事實上，當時的我也很需要人安慰。不過，我卻開口講自己的故事：我的病、我的抗癌大戰、我對死亡的恐懼……

「我相信上帝有祂的計劃。我雖不知道那計劃是什麼，但很快便會揭曉。」我不知道當時我為何説了這番話，或許是聖靈的感動吧 ?!

老實説，當時的信心還沒去到那一步。話從我的口出來，再鑽回我的耳中，反倒嚇了我一跳！與三高先生一席話，談了三十分鐘。

道別前，他留下我的聯絡地址。

02/13/06

Dear Irene Saturday.
It was talking to you I wish
you are an inspiration to me.
you God's blessings during and after your
surgery.
Best wishes for a speedy recovery!

Regards-

過了一個星期，我收到一張明信片。三高先生說很享受和我那一席話。
我雙眼定格在最後這一句：「**你鼓舞了我。**」

慢着，是說我嗎？我啊！

我只是一隻小羊而已。我又沒有做過什麼偉大的事，我怎有本領為別人帶來鼓舞？
三高先生卻令我肯定了一件事——我能！我做得來。在上帝的計劃裏，如果祂用得着我，便一定會徵用我；而我的答案必然是：我願意。

要改變別人，自己先要被改過來。

# 每個故事都有兩面

為配合治療，我要去找牙醫做檢查，如此我認識了 Dr. Staffileno。他個子很高，頭頂光光的，長長的臉兩鬢帶點銀灰，有一雙巨大的手，一派慈祥老紳士的風範。

他問我的第一條問題是:「你有一個兩歲、一個六歲的小朋友？」又說:「我女兒也有一個 18 個月大的 BB。」

多好啊，我真羨慕她……有一個又仁慈又健康的醫生爸爸啊！然後又生了一個健康的 BB。我是她就好了。命運如果可以交換……多好啊。

過了一陣子，我向 Dr. S 詢問化療和電療的副作用，他忽然告訴我，他這個在醫院作博士研究的女兒，其實在乳養小孩的初期，證實患上乳癌。

我的眼睛一下子注滿了淚水。不過是十秒鐘之前，我還在羨慕她的「幸運」——我感到很慚愧。

**癌症很公平**，任何人都可能得到，不分國籍、階級和背景。我要停止問何必偏偏選中我。我要讓上帝的平安去取代我心中的憤怒、怨恨和嫉妒。

這不容易，不過上帝呀！我會努力。

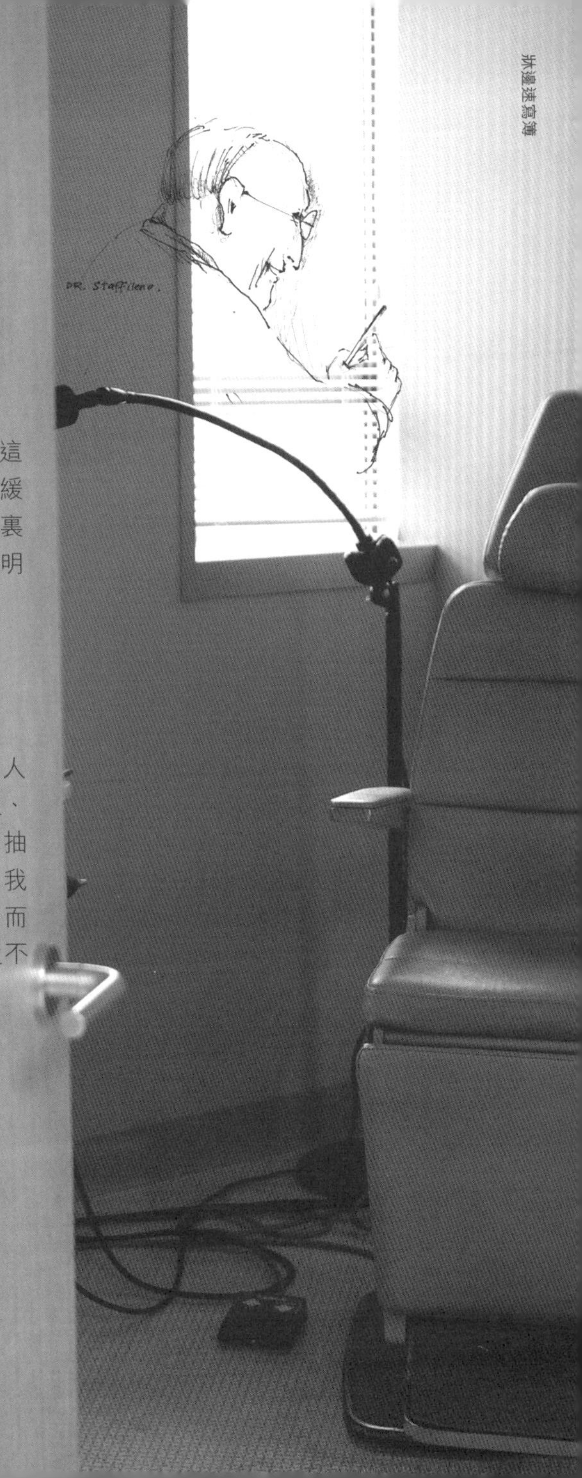


「每個故事，都有兩面：有病人這一面，也有醫生那一面。」Dr. S 緩緩吐出這句話。「記着，我們這裏所有醫生，都在想辦法幫你，你明白嗎？」

我明白了。

自那天起，我儘量向所有醫護人員——包括藥劑師、護士、醫生、接待員展露微笑，也包括那些抽血時把我弄痛的技術員，因為我明白，大家都只是想幫我而已。而且，一個微笑的病人，沒有醫生不喜歡。

# 需要後備嗎？

治療期間，我去診所作一般身體檢查。我的家庭醫生得悉我患癌的消息，他一臉驚訝，真誠的握着我的手說：「不要擔心，我會為你祈禱的。」

我很感動，我們相識多年，從來都不知道他是基督徒。我正在慶幸身邊有那麼多「天使」，他卻塞給我一張紙條。上面是一些奇怪的「禱文」——肯定不是基督徒會唸的那種禱文。他囑咐我多唸，自有神明醫好我。

有點搞笑啊！我弄錯了，他不是基督徒呢。
那麼，我該唸這個經嗎？唔……

中國人好像都喜歡為自己留後路。
例如：看西醫好呀，不如也看看中醫！
例如：信耶穌之餘，都可以看看風水？!
「冇蝕底」呀！萬一這個上帝不靈，還有後備！

試探來的時候，最容易把上帝擱在一邊，那時才知道人的意志有多薄弱。
耶穌向撒但說不，原來並不容易。
我覺得與耶穌更親近了。我可以明白祂的能力多一點，更懂得在面對試探時，倚靠耶穌的能力。
祂若願意，祂會醫好我。沒有別的神，只有祂有這個能力。

離開診所，步進電梯前，我把那張紙扔到垃圾箱。

「因我什麼時候軟弱，什麼時候就剛強了。」

〈哥林多後書〉12 章 10 節

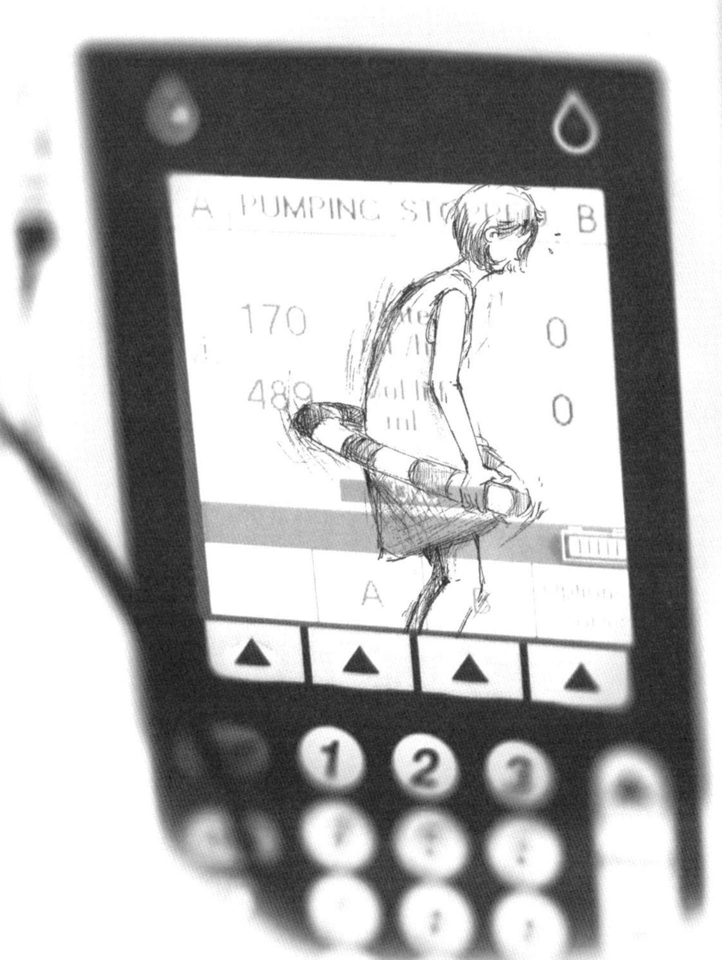

# 可愛芳鄰——蜜瓜伉儷

五年前，我和外子找房子，認識了現在的鄰居——「蜜瓜」夫婦（Irene & Jim Markgraf, 這是我給他們的暱稱）。
1989 年，蜜瓜先生患上癌症，而且是第四期。化療令他痛不欲生。後來更復發了兩次。但我從未見過他懷疑上帝，連一句抱怨的話也沒有。

「永不永不問 Why me ！這句話會吃人！」他一知道我也患了癌症，第一句贈我的，便是這話。

連醫生都說，蜜瓜先生能活到今天，是一個奇蹟。他的抗癌之旅，匪夷所思。原本 6 呎 4 吋的漢子，一直以來都很健康，從不須要看醫生；到接受化療時，卻軟弱得由早到晚癱倒在牀上。

蜜瓜夫婦結婚已逾四十多年，每晚兩人都會在睡前手牽手一起祈禱。有一晚，蜜瓜先生實在累得一個字也說不出口了，正懊惱之際，太太溫柔的握住他的手說：「你只管借我的力量去用吧！」那是惟一一次，只有蜜瓜太太一個人作晚禱。這次單聲道禱告，卻比千言萬語更有力，讓愛更堅壯。

「正因為這個病，使我們發現原來如此深愛對方！」
「我們的感情好到一個地步……該怎麼形容呢？明明以為已經好得不能再好了，怎料還可以更好一點、再好多一點……」

實在太厲害了！
我從蜜瓜夫婦身上學到的實在太多。其中之一是：
**真愛有時是以苦難衡量的。**

# 溫暖牌披肩

鄰居 P 太太今早忽然出現在我家門前。

令我更驚訝的，是她身邊還站了另一個陌生婦人。原來，她倆都在同一家教會。鄰居知道我患病，她所屬教會的婦女祈禱小組便決定要為我做一點事。她們決定合力編織一件紫色的披肩送給我！

每當她們其中一人在編織，其他組員便負責為我祈禱。所以說，每一針都代表了她們的關懷和支持！

我當場淚流滿面。我是誰呢？除了 P 太太外，我不認識她們之中的任何一個。我憑什麼得到她們這麼多的愛呢？

如果不是出於上帝的愛，又有什麼可以激發她們，為我這個陌生人犧牲那麼多時間和心上帝呢？

自那天開始，無論我往哪裏，我都會披上這件紫色披肩。在化療室漫長的等候期間，它亦帶給我無限溫暖。**它告訴我，我並不是孤單一人，我被包圍在愛的織造裏。**高針低針之間，她們編織出許多的愛，來暖熱我。

# 復康戰士 CIA

Corina、Iris 和 Angie 都害了癌，不過也都康復了。她們從教會的不同渠道知道我患了病，然後個別來探望我。

Angie 患上鼻咽癌，共復發了三次。因為這個病，她的奶奶認識了基督。為此，她告訴我：就算可以重寫歷史，也不願作出任何修改！
「別説笑了……她一定有問題。」我心裏想。

然後，我認識了 Corina（就是她教我化療前後要多喝蔬果汁）。我把 Angie 的話告訴她。怎料，她的反應是：「我也一樣啊。」她説，因為這個病，她和女兒的感情躍進一大步。
「……又是一個有問題的。」我心裏又想。

其後，我認識了 Iris（她也推薦我喝蔬果汁，更索性幫我買了一堆蔬果來，又借我不少抗癌參考書）。我把 Angie 和 Corina 的話都告訴她。
沒想到，Iris 竟然説：「我也是一樣。」原來，兩年前她患了乳癌，因為這個病，她接受了基督作她的個人救主。
「……」

其實，她們都沒有問題。共通點是，她們的生命裏都有上帝。**這個事實令她們珍惜患癌的時光。**

如果她們都沒有問題的話，那麼有問題的……很可能就是我。

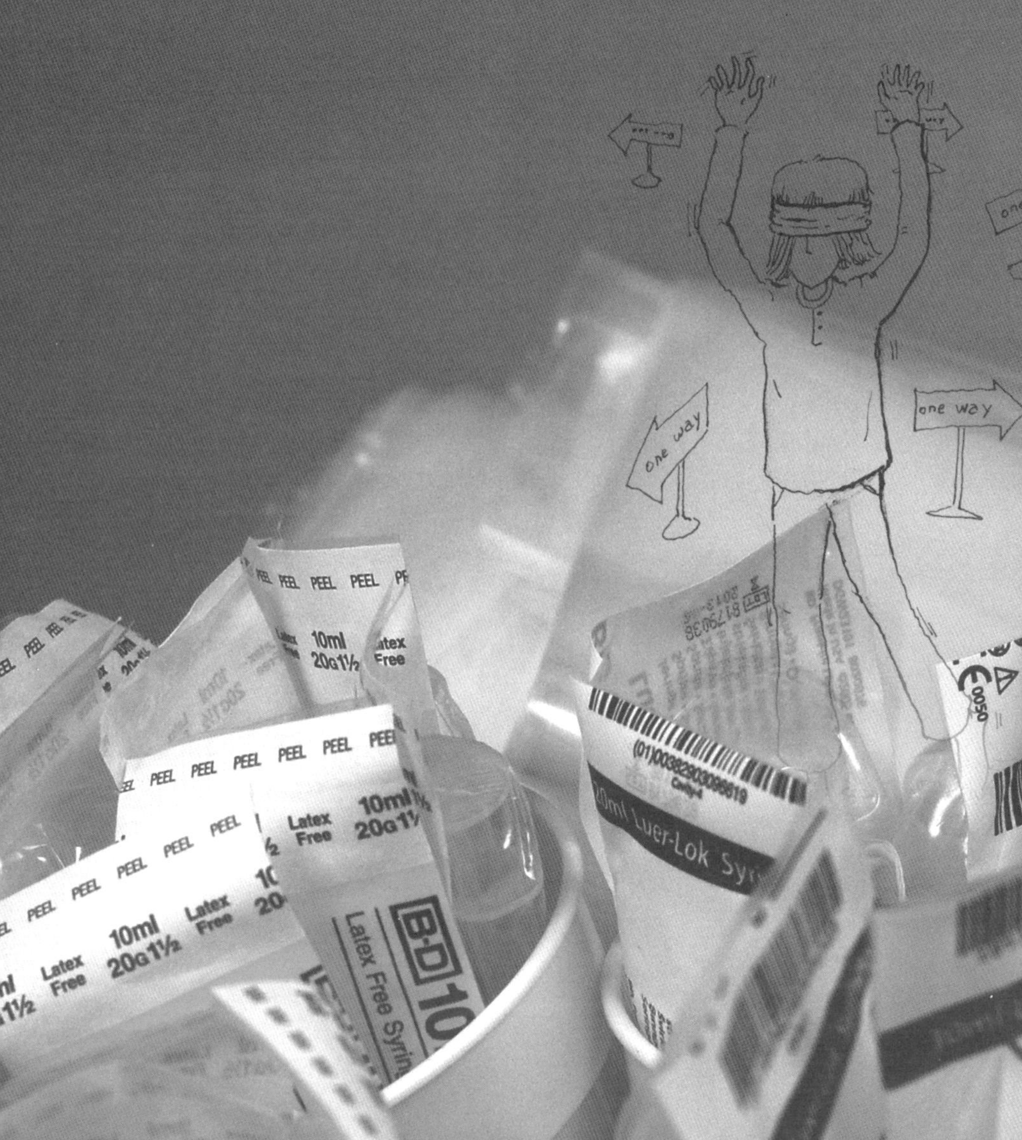
one way
one way
one way
PEEL PEEL PEEL PEEL
Latex Free
10ml 20G 1½
20ml Luer-Lok Syri
B-D 10
Latex Free Syrin
(01)00382903096619
0050

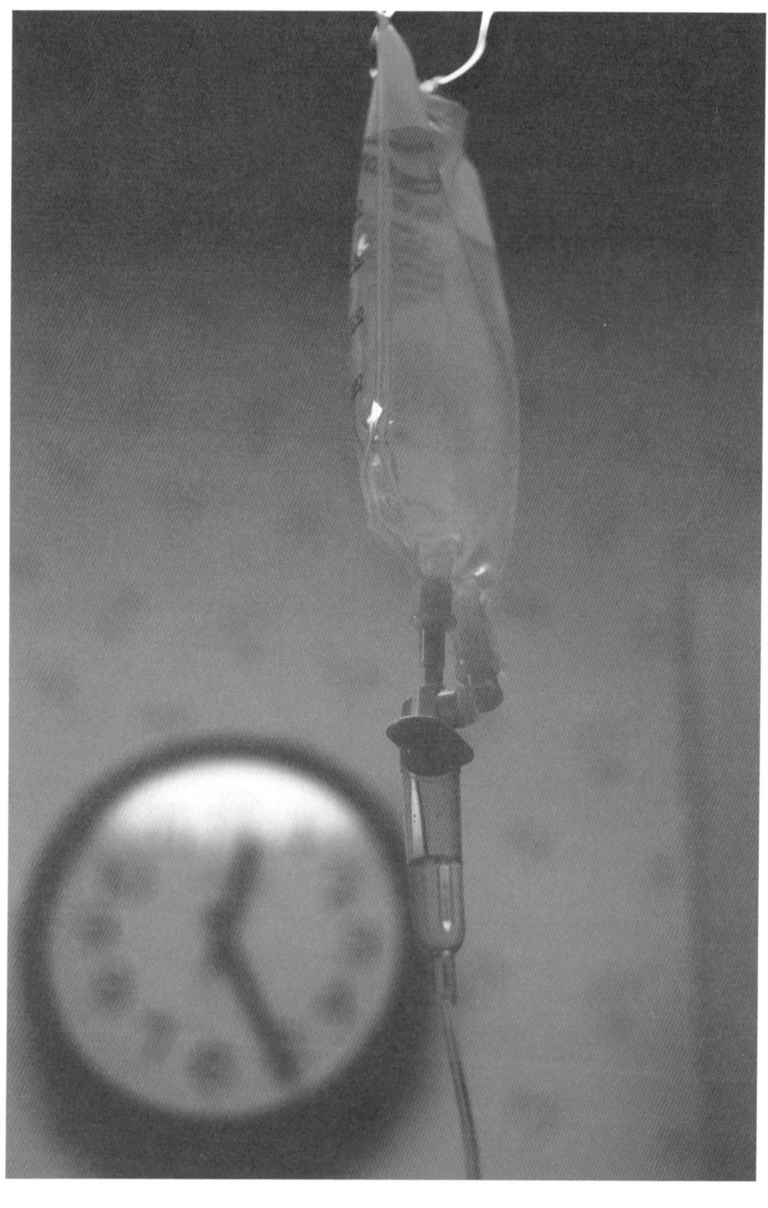

# 大哥哥的危機感

我很感恩每天教會都有不同的弟兄姊妹來接我到醫院去，浩旋是接送我往返醫院的其中一位「義氣司機」。（有時候我在途中虛弱得直接吐在他們的車上，實在很不好意思。）

浩旋是教會裏的大哥哥，每次教會舉行浸禮，領洗者大多會在台上向他道謝。事實證明，他有一顆愛人愛上帝的心。

浩旋有副好心腸，卻沒有好的腸胃。自大學開始，他便患上一種罕有的腸胃病，至今仍無根治之法；惡化下去，可能會轉成腸癌。

對一個有大好前途的男孩子來說，這真的一個沉重的打擊。年復年、月復月，浩旋抵受着胃痛和腹絞之苦。醫生跟他說，他的壽命大概不會如常人般長；而浩旋選擇了用無比的勇氣去接受現實，與這個病相處。

「我活在這種危機感中 15 年了。」他說，笑得很真誠。「回頭一看，我過去的日子一直都被這種危機意識所鞭策。這也許並非一件壞事，我因而更專注，做我認為該做的事。」
浩旋比別人付出更多的努力去愛家人、朋友和上帝。這 15 年來，浩旋帶領了許多人歸主。

我有沒有足夠的危機感呢？患病前，我的危機感大概是零。但經此一役，我有了醒覺，對患病的人產生了一份同理心。不錯，**我的壽命可能不會如我所想般長，那麼我更要明智的選擇該做的事。**
時間，實在是我浪費不起的。

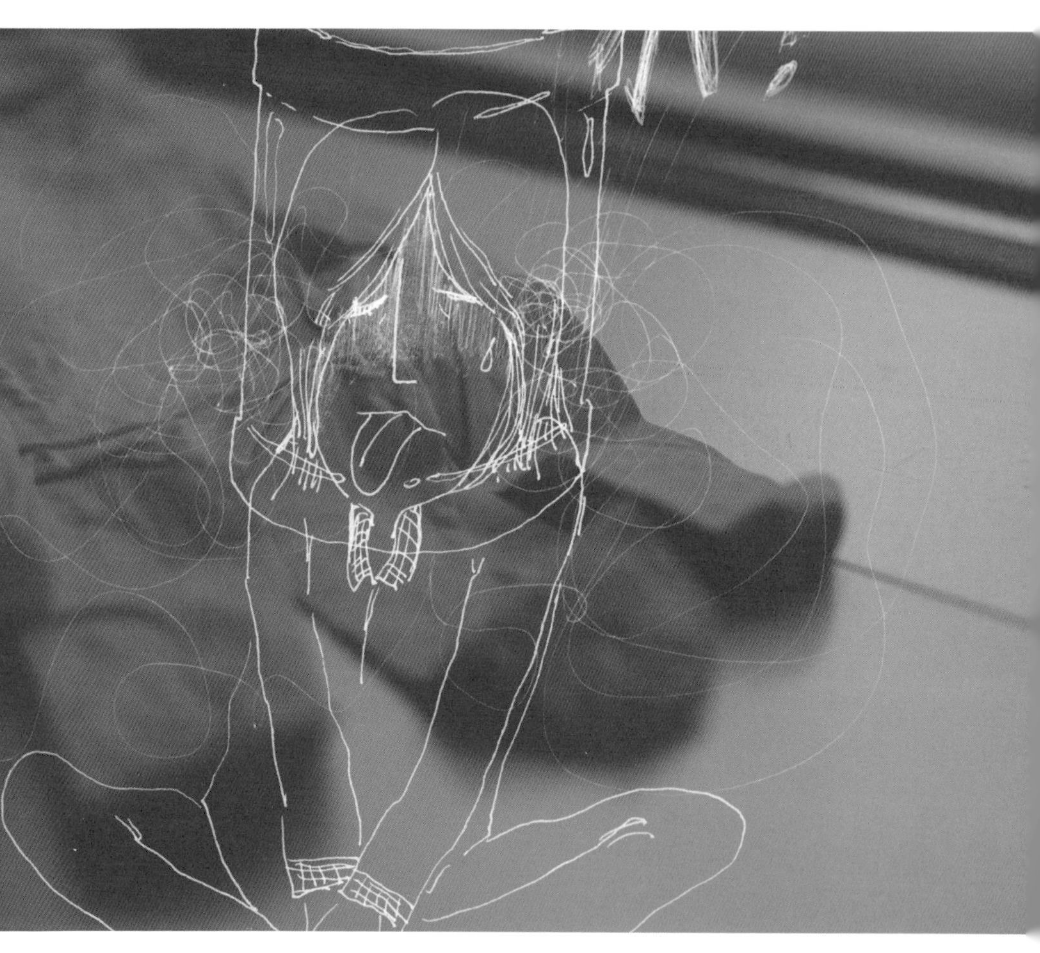

# 茶煲病人

我留院的病室在這一層最遠的一角，每當我按鈴求助，護士都要好一陣子才能到達我的房間。有一次，我終於忍不住，問護士為何把我放逐到那麼遠？護士小姐溫柔地告訴我：「因為你是給我們最少茶煲（troubles）的病人呀！」

我一直以為我是個超級大茶煲呀！這是我罕有地被稱讚呀！嘻嘻！

醫生護士的工作站在整層病室中間的位置，每當病人按鈴，護士要跑到那房間看看病人有什麼需要。所以那些最需要照顧、最「茶煲」的病人都會被安排到最中間的位置，以縮短護士跑來跑去的距離。至於那些比較年輕、比較可人、比較開心的病人——譬如在下——便被安排在較遠的位置了！

# 火車未到站

她是鄰室的病友，背後有一個很悲傷的故事。
我第一晚留醫，就是給她吵醒了。夜半一點鐘，我在睡夢中被一個女人的尖叫聲弄醒。起初，我以為她叫喚護士，奇怪她為何不按鐘，而非要把全層病房的人弄醒不可？其後我發現她歇斯底里，儘在一個男人的名字——Joe ！

後來，她的叫聲愈來愈大，也愈來愈尖拔。許多病人忍不住下牀，到走廊去看個究竟……我留在我的牀上，為她祈禱……可能她痛得厲害？一種藥物無法舒緩的痛？
次晨，我向護士問及有關 "The Screaming Lady"（病房給她的封號）的事。

原來這病友患的是腦癌，有很多幻覺。她常説自己在等待一列火車，它很快很快便會到達的了。所以她不時揚聲叫她丈夫 Joe 快點跟上來，和她一同登上這列火車。
我聽後心裏一沉。

人生存在世上都有一個目的吧？上帝呀！請你告訴我，這個等火車的女人，她生存的目的是什麼？這女人的媽媽每天無助地守候着她，那麼她的生存目的，又是什麼？
一定有的。可是，那是什麼？

留醫的這段日子，我感到自己有點像是一名醫院的囚犯；然而這個女人，她卻被囚在自己小小的腦袋裏，在幻覺的火車站裏，永遠走不出來……

> 耶穌對他說：「你若能信，在信的人，凡事都能。」
> ……「我信！但我信不足，求主幫助。」
> 〈馬可福音〉9 章 23 節

# 我的戰友莫菲走了

受化療的強大副作用打擊，我入院療養，認識了鄰室的莫菲小姐。她患的是胃癌，且已經擴散到其他器官，重藥令她神智不清，但也沒能有效對付癌細胞。

她是個年輕有為的律師，比我還小一歲，受聘於美國某知名保險公司，從牆上的照片可見，她本來是一身女強人的模樣，漂亮能幹……可是，癌症幫她畫上句號。

她跟我絮絮說的，是她剛離婚的前夫如何「禽獸不如，毀了她一生中最美好的幾年，光是提起他的名字，已經想嘔」……
我為她感到特別難過，不是因為她的病，而是因為她說話時語調中的怨毒、眼眸裏的絕望。
醫院裏有各樣的藥，治療身體器官的疾病。但心靈破碎，該往哪裏求一帖良方呢？與癌症對抗已不容易，帶着那麼多負面情緒打這場仗，豈不是更拉低自己的勝算？

「心裏喜樂就是良藥；心靈憂鬱使骨頭枯乾。」〈箴言〉17:22

……

我出院的時候，特意過去跟她道別。
她仍然只能臥牀，很羨慕我可以回家。我說：「你也會的，有一天，你也會回家的。」

我把一個「Live Strong」手鐲送給她。

我常常記念她，希望我所説的會成真，希望她會安好——有一天，她會回家。

……

最近我忽然想起莫菲。打聽之下，傳來的消息竟然是：她大約兩個星期前走了……

我毫無心理準備，聽到這個我最不想聽到的答案。
有幾秒間我完全呆住了。只有愕然，連悲傷也表達不出來。
我知道她的情況並不樂觀，但我總是想，説不定會有奇蹟，如 Emilie Barns 或是 Lance Armstrong 那樣的奇蹟，臨到莫菲身上。

我們只見過兩次，甚至説不上是朋友，卻好像有一條無形的線把我倆牽引着。我感到我們特別投緣，對她的痛苦，我格外同情。
可能大家年紀相若的關係？又或是我欣賞她的才智？也可能是我惋惜她婚姻破碎了……
在彌留一刻她在想什麼？
還恨她的丈夫嗎？
她可接受了基督為救主？

癌細胞可以給放射治療治死，也可以給切除，但怨恨和苦毒、絕望和心死則無藥可醫。如某人曾經説過：「生命中最大的悲劇，不是死亡，而是縱生猶死。」

# 面對面

治療已經結束了四個月，我參加 Willow Creek 教會的一個講座。講員是 Kate Warren，《標竿人生》作者華理克牧師的太太。這次她主要分享在非洲的宣教事奉。她特別關懷那裏受愛滋病影響的病人。

其實我去旨不在講題，而是講員本人。講座完畢，許多人簇擁着 Kate Warren，跟她説怎樣與她有同一個異象和心志。至於我，就在眾人後頭看着她，很難相信，與我面對面的 Kate Warren，竟也是癌症病人；而且，她的療程不久前才結束……

她的眼中流露慈愛，在講台上閃閃發光。她絕對是我見過、數一數二出色的講員。我坦言相告，自己來是要看看患癌的她，如何還能幹勁十足的事奉上帝。

聽過我的故事後，她給我一個結結實實的擁抱，並且為我祈禱。她那個擁抱，是如此溫暖，安慰了我。她每説一句話，都展現着和煦的微笑。我彷彿接入了一個能量源，能量源源不絕，簡直不想離開。到底，她是怎樣重新站起來，繼續事奉主的呢？
她緊緊的望進我的眼裏，説：
**「你知道嗎？我們總有 BC 和 AC —— Before Cancer & After Cancer ！」**

主呀！我明白了。
我的 BC 已成過去。Life goes on !

由這刻起，我要邁進 AC 時代了！

我們如今彷彿對着鏡子觀看，模糊不清，到那時就要面對面了。

我如今所知道的有限，到那時就全知道，如同主知道我一樣。

〈哥林多前書〉13 章 12 節

那賜諸般恩典的上帝曾在基督裏召你們，
得享他永遠的榮耀，
等你們暫受苦難之後，
必要親自成全你們，堅固你們，賜力量給你們。
願權能歸給他，直到永永遠遠。阿們！

〈彼得前書〉5 章 10-11 節

# 生病教會我的事（附錄）

# 愛言的溫馨提示

——有一天你所愛的人病了，你當怎麼辦？

# 1. 不要躲

第一次面對一個真實的癌症病人，你終於知道電視劇嚴重美化了絕症這回事。你一定從沒想過癌症可以令人慘到這個地步。
如果你腳軟、害怕、想走開，我都理解——**但請不要就此彈開**！
相信我，你一定一定有可以做的事！
作為一個病人，最痛心的，莫過於眼睜睜看着親人和朋友在這個關頭離開自己。

## 2. 讓病人知道你在禱告中記念他

我可以告訴你，這個很重要！
直接致電可能令人較易情緒激動，我建議你寫電郵或寫信，告訴他你已知道他的情況，表達你對他的關心。
你甚至可以**把代禱的全文原汁原味抄錄下來**，對方一定會很愛看。
不要輕輕地帶過：「啊！我會為你祈禱的！」然後又沒了那件事。

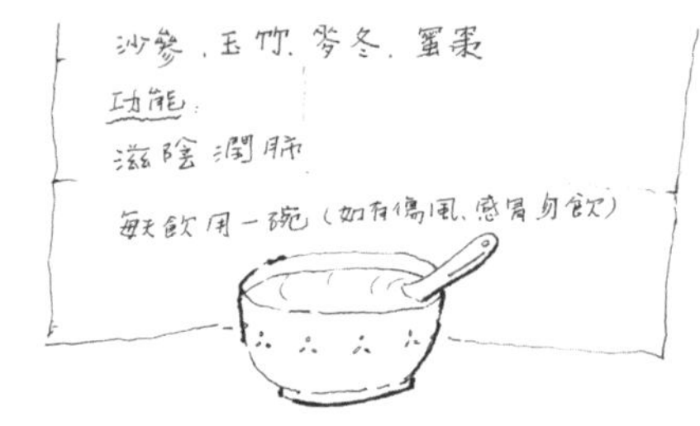


## 3. 不要說：「有需要 call 我。」

這是廢話！
相反，你應該主動提出你可以幫忙的地方：
「我可以幫你煮飯呀！」
「我陪你去見醫生好嗎？」
「我載你去醫院好不好？」
「我替你看管孩子吧！」
「我幫你做『人肉』洗碗機、洗衣機。」
「我把你的需要帶回教會代禱，好不好？」

**我教會的姊妹 Nora 就作了一個上佳的示範：**
在我出院回家的前一天，她自發地帶了手套和清潔劑來到我家，從天花板到地板，打掃得乾乾淨淨，為的是減低我回家後受細菌感染的機會。她的貼心行動，令我們感動不已。

# 4. 送小禮物

建議禮物清單包括：DVD、CD、書本、雜誌、小盆栽等。反正是給他進行化療時用來打發時間的小物事都可以。

如果你真的想不到可以買什麼，那麼現金其實也是不錯的選擇。相比起可觀的醫療帳單，即使只是杯水車薪，仍會產生正面作用。例如，這些錢可以叫他安心在大熱天時乘的士去醫院，或者買一些較昂貴的保健品等。

**精選建議：**

我的朋友 Tracy 送給我的是「每週新聞特報」。她充當我的特派記者，逢週一發放短訊一則，把教會動態和她家中瑣事一一告訴我。透過她的忠實報道，我不再有被世界遺棄的孤獨感，而這些每週新聞特報亦提醒我——距離療程的終點，又比上星期接近了一步。

# 5. 給我一點創意

我知道，有些人自認沒創意——沒關係，在這種特別情況下，向有創意的人抄一下是可以接受的。

**歡迎參考：**

我有一個住在西岸的朋友 Cecilia，她實在不能搭飛機來東岸看我，結果她想到以我的名義捐錢給美國癌症協會（American Cancer Association），那機構回贈她一張感謝卡和一包種子。她把感謝卡寄給我，而那些種子，已經她家中發芽長大了。多可愛啊！

## 6. 支援病患家屬

請別忽略病者家屬的情感需要——眼見親人病了，一定很難受。

我朋友 Steve 的太太曾經患癌，當時 Steve 也幾乎崩潰了！現在他以過來人的身分，不單關心我，也不時致電慰問外子的情況。這對外子來說，是很重要的支援。

外子的好友 Kenny，替他訂閱汽車雜誌（因為外子是個標準車迷），於是他每次陪我往醫院的等候時間，就不用那麼寂寞了。

另一個朋友 Vida，在我患病時寄了一大箱玩具、貼紙和圖書給我的孩子。在我患病的日子，這個大箱為這個陰霾密布的家帶來了溫暖。

至於那些參與「Dinner on the Wheel」的弟兄姊妹，我真的不知該怎樣表達我的謝意。作為一個母親，每天最大的掙扎就是「今晚食乜餸」。他們卻分擔了我的重擔，使我的家人每晚都吃到熱呼呼的營養晚餐，令我不用在治病期間，還要分心去張羅膳食問題。

**請記住：只要你願意，總有你可以幫忙的地方！**

# 末了的話

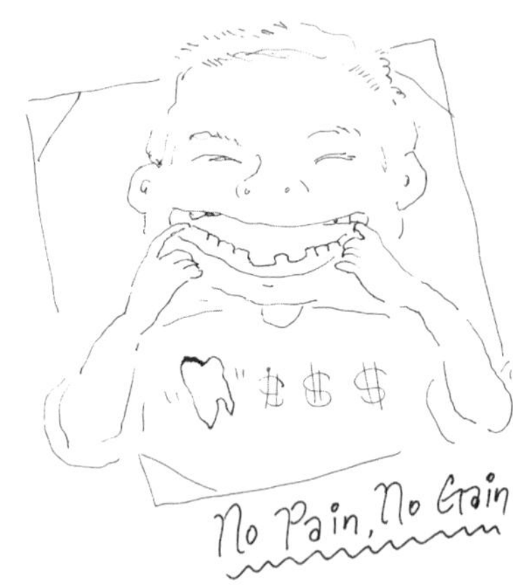


## 乳齒・值得

這是一件小事，發生在 2 月 26 日。
小克的第一顆乳齒掉了！他非常興奮的拿給我，幫他放在紅包裏，準備跟 Tooth fairy*交換。第二天，當然「Tooth fairy」已經來過了，並且用一塊錢換走了紅包裏的乳齒。(*Tooth fairy 是類似聖誕老人的故事，在西方社會流行這樣的傳說：仙子會用禮物換乳齒去建她的城堡。)
我問小克，乳齒掉了痛不痛？
小克認真的回答：「痛——」他咧嘴一笑：「不過是值得的！」

## 沿途有「履」

接受治療以後，人會變得虛弱，連繫鞋帶這麼簡單的動作也會吃力。
我托朋友 Joyce 幫忙買一雙涼鞋，她常常在網上購物，果然很快的訂到一雙涼鞋和一雙波鞋送給我，質料都很好。
我穿着它們，赴每一次電療或化療之約。它們伴我遊走於偌大的醫院病室和長廊之間，讓我的每一步走得輕鬆一點，舒服一點。
那背負着我的體重和哀傷的腳，也因而受到貼身和溫柔的保護。

我們一生走的路，總會碰到尖銳鋒利的荊棘，或多或少。荊棘會割傷，前路受阻，似乎不許我們到達原來目的地。

我們受苦的時候，也會想為什麼這麼痛？到底是為什麼？

我不打算告訴你怎樣避開荊棘，因為沒有人能完全避開。

我不打算告訴你怎樣勇敢地去用雙腳踐踏荊棘，因為那是愚蠢的。

我要告訴你，要為你的雙腳尋求最佳的護盾——你需要一雙好鞋子。

上帝就是最堅固的盾。

只有祂才能真正保護我們，讓我們就算身在荊棘之中也能繼續前行。祂沒有應許信主以後命途便會平順，不過祂應許，無論路直路彎，總會有祂同行。

當荊棘闖進我的生命線，我多麼慶幸，因為沿途有祢。

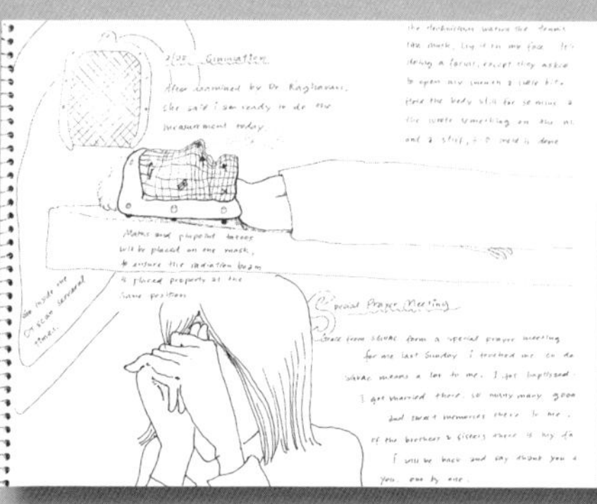

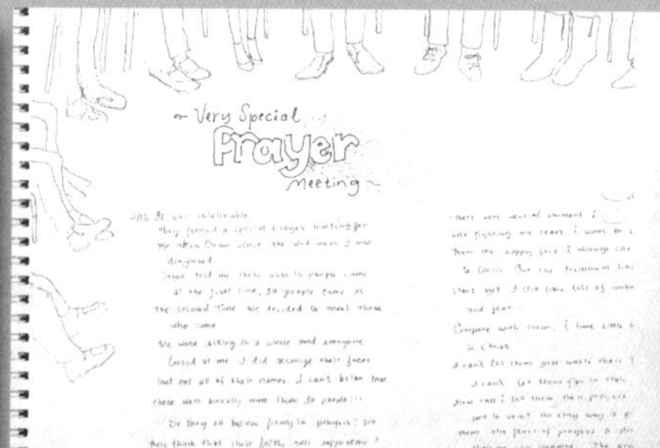
Very Special
Prayer
meeting

from a
Catapillar
to...
a Butterfly...

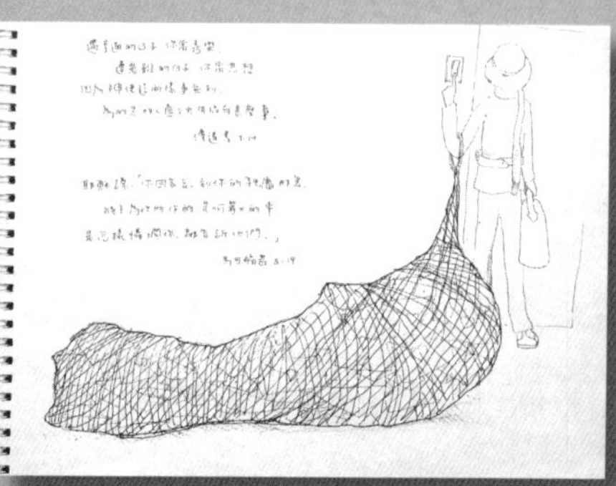

改變生命

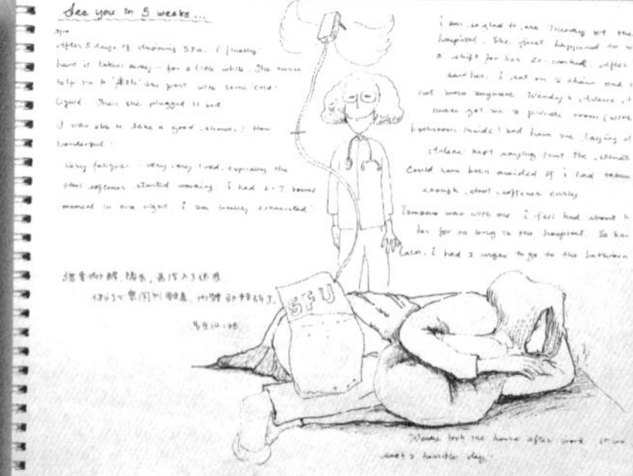
See you in 5 weeks...

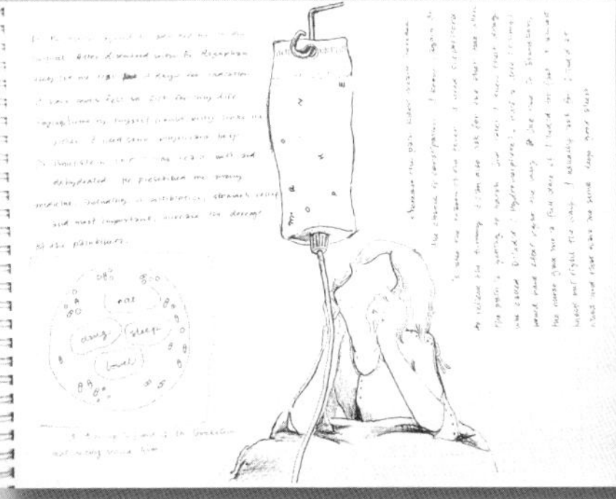

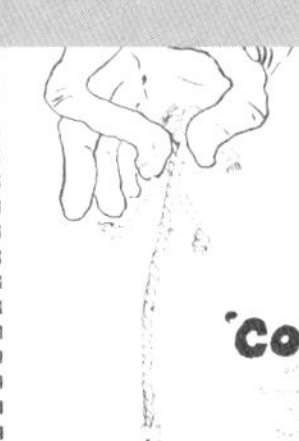


'Come'

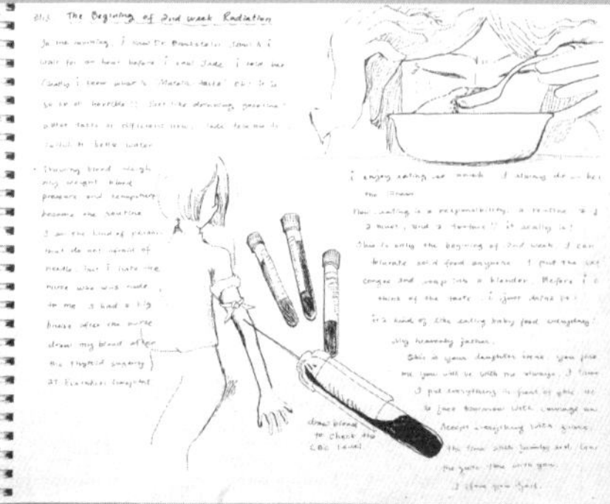
The Beginning of 2nd week Radiation

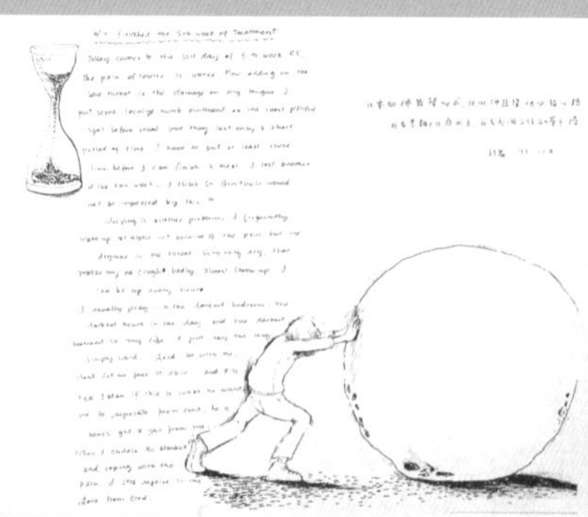

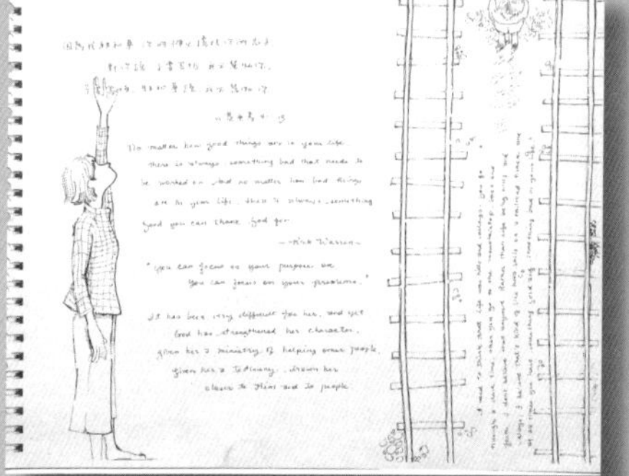

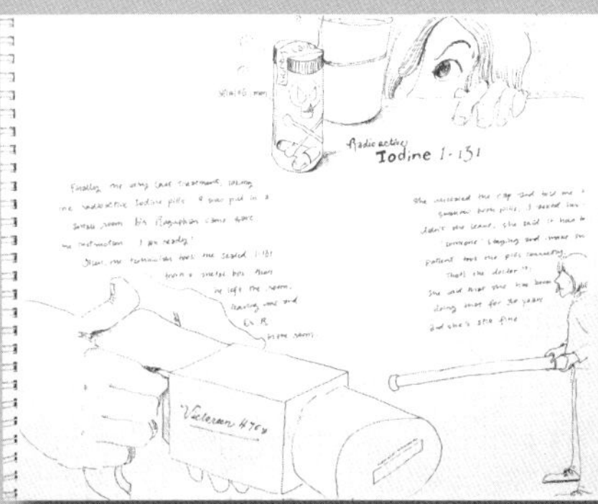
Radioactive Iodine I-131
Veteran H7C4

Why Pray?
Abraham pray, Moses pray, Ruth pray, Jonah pray,
Paul pray, Luke pray, Jesus himself pray.
Prayers keep company with God.

# 一封家書（代跋）

寄信人：愛言妹妹

收信人：愛言哥哥

大佬：

自你 1996 年離開我們，我第一次執筆寫信給你。這幾年來，我們家一次又一次的被鼻咽癌的陰影遮蓋着。阿嫲、你、二姐及爸爸，都曾與這個病正面交鋒。很多人問我，你怕（也患上這個病）嗎？……

以前我們每次吵架，媽咪總會說：「做兄弟只會做一世，不會有下一次，要好好珍惜。」你的離世，讓我更深體會這句話。所以我和二姐和弟弟在這十二年來，感情愈來愈好。

2006 年的年初四早上，我接到二姐的長途電話，告訴我她也患上鼻咽癌。我們很恐懼——就是這個病帶走了你。我一直不想承認這是我們的家族遺傳，但事實卻迫着我面對。我希望患病的是我，因為我的外甥需要他們的媽媽照顧，我還沒有孩子，比較可以承受這個病。然而天父給我一句安慰的經文：

「我們四面受敵，卻不被困住；心裏作難，卻不至失望；
遭逼迫，卻不被丟棄；打倒了，卻不至死亡。」

〈哥林多後書〉4 章 8-9 節

二姐開始接受治療，她教會的弟兄姊妹輪流忙着為她送上食物，我們卻在香港乾着急，實在是很無助。幸有天父的恩典，我終於可以安排到美國探望二姐，與她一家度過療程最艱苦的十天。除了為她打理家務，我和姐夫又不斷給她說笑話，我們一起玩「迷你」麻將，和她一起「煲」電視劇……其實，這正是我的日常工作，在我服務的醫院裏，我都是如此陪伴病人——別少看這些活動，它所帶來的歡笑聲，可以驅走很多壓力。

大佬，你知道嗎？我曾經怪你對我們隱瞞病情，甚至不許我們陪你覆診。直至你離世，我才驚覺你的病已經那麼重。當時我們對這個病亦一無所知，那份恐懼感更大。

二姐跟你卻是一個對比，你也知道你那妹子的個性，「打爛沙盤問到篤」，從來都是屬於廣播界的！給她形容過後，我好像看到她乾涸的口腔、嘔吐的慘況、頸上的疤痕……我寧願你像二姐那樣，讓我們參與，一起面對。當然，我現在已不會埋怨你，我知道這就是你，也要尊重你的選擇。

的確，到今天還有很多病人選擇不向家人透露病情。而作為一個社工、一個家屬，我深信尊重是最重要的——惟有當病人自覺有所選擇，他才感到自己是生存着的。

你的離世對我而言有一個重要的影響——這些年來，我的心願是要讓癌症（特別是末期的）病人的家屬，得到安慰及支持。縱使要陪着病人和家屬走過哀傷的死蔭幽谷，我也願意。

你最疼愛的
三妹

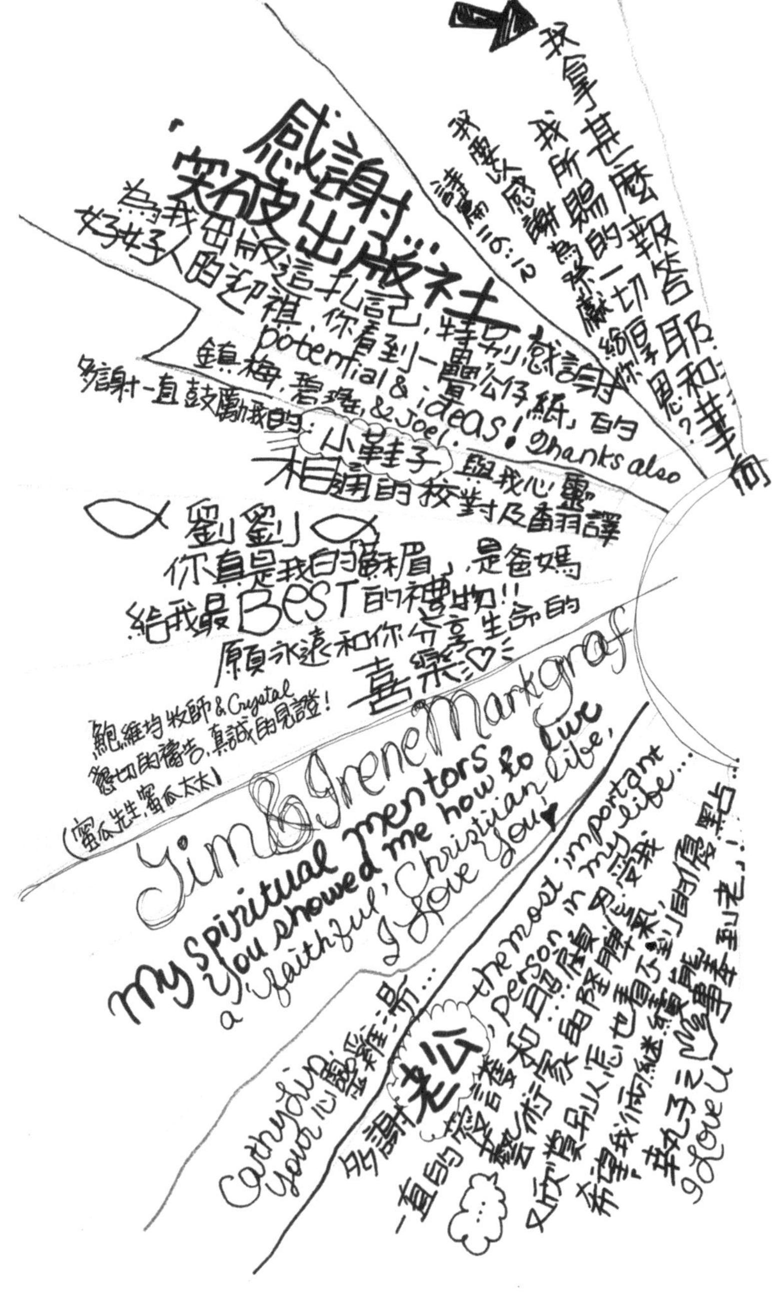
我拿甚麼報答
我所賜的一切厚恩？
詩篇116:12
我要感謝為我獻出性命的耶穌和主再來
感謝「突破出版社」
為我出版這札記，特別感謝
好好人的廸祖，你看到一些「 公仔紙」的 potential & ideas! Thanks also
鎮梅，碧瑤，& Joel.
多謝一直鼓勵我的「小鞋子」與我心靈
相通的校對及翻譯
劉劉
你真是我的好姊妹，是爸媽
給我最BEST的禮物!!
願永遠和你分享生命的
喜樂♡
鮑維均牧師 & Crystal
懇切的禱告，真誠的見證！
(蜜瓜先生，蜜瓜太太)
Jim & Irene Markgraf
My spiritual mentors
You showed me how to live
a faithful Christian life,
I love you
Cathy Lin
Your 心靈雞湯
多謝老公
the most important person in my life
一直的包容和支持，教我...
希望我們可以一起執子之手，與子偕老！
I love U

Thank you
多謝您…

小克&小白：
What have I done to deserve two lovely little Boys from God? Having you is truely a Blessing! Love you Both!
媽媽

所有接送我往返 Hospital 的 super Drivers：
Priscilla, Serena, Tami, Don, Irene, Stephanie, 亞正，雅莊：
Thanks God for your Love
令你忙透了！

Bon ee & Angel,
你們的笑聲可愛透了！

佑美：你字字值千金的信件…
陳女甘：多謝你飛過來花旗國和我同哭…

多謝 'Dinner on the wheels' 的弟兄姊妹！
所有廚藝頂瓜瓜的男丁都
你們令我家的男丁都好有'肉地'了！
thanks 惠儀！

Tamamoさん: Your Art really inspired me througout the years! ありがとう！
your encouragement means a lot to me…

Willow Creek Church Prayer Ministry, CCUC 祈禱組
CCUC North prayer group

曾永輝牧師，在病床上的巨人：你的杖已經勝了，你所信的道已守住了!!

Jade, Dr. B, Dr. K & Dr. S… & ENH Medical Group

Thanks 東區宣道會
趙牧師，趙師母
愛我，疼我咁多年

Thanks Grace Young, Carman
Vida, Grace Chan,
Cindy, Martie…

最愛的奶奶，
你用開朗和歡笑守著這個家，多謝你！

the super Baker…

Dr. Yeh
an angel send by God, I know you just hide your wings! ☺

感謝您選了這本書，閱讀以後，
您有沒有一些啟發，一些感想？我們期望您的聲音。
請登上 **www.btproduct.com/book**，
在「讀者回應卡」頁面內填寫。謝謝。

## 匯聚閱讀羣體　迸發生命力量

### 心靈地圖

| 書名 | 版次 | 作者 |
|---|---|---|
| 當荊棘闖進生命線 | 初版1刷 | 劉愛言 |

### 生命禮讚

| 書名 | 版次 | 作者 |
|---|---|---|
| 死亡，別狂傲（復刻本） | 復刻本1刷 | 蘇恩佩 |
| 同行四分一世紀 | 2版1刷 | 丘世文 |

### 親子系列

| 書名 | 版次 | 作者 |
|---|---|---|
| 好爸爸，忘不了 | 初版3刷 | 朱家妤、朱家彣 |

### City & Me

| 書名 | 版次 | 作者 |
|---|---|---|
| 我將你的頭殼打開了 | 初版2刷 | 陳俊賢 |